金狐の首

大江戸定年組

風野真知雄

角川文庫
23228

目次

主な登場人物

◆初秋亭
藤村慎三郎《ふじむらしんざぶろう》　北町奉行所の元同心
夏木権之助忠継《なつきごんのすけただつぐ》　三千五百石の旗本の隠居
七福仁左衛門《しちふくじんざえもん》　老舗の小間物屋〈七福堂〉の隠居

加代《かよ》　藤村の妻
志乃《しの》　夏木の妻
おさと　仁左衛門の妻
安治《やすじ》　飲み屋〈海の牙〉の主人
藤村康四郎《ふじむらこうしろう》　藤村慎三郎の嫡男。見習い同心
鮫蔵《さめぞう》　深川の岡っ引き
入江《いりえ》かな女《じょ》　初秋亭の三人が師事する俳句の師匠
寿庵《じゅあん》　腕の良い蘭方医
夏木洋蔵《なつきようぞう》　夏木権之助の三男。京都で骨董について学ぶ。

第一話　大奥の闇

一

川風から潮風の匂いに変わった。上げ潮時なのだ。大川の河口、深川熊井《くまい》町にある〈初秋亭《しょしゅうてい》〉は、一日の中でも風の匂いがさまざまに移ろう。潮の匂いだって一つではない。新鮮な潮の匂い。古い潮の匂い。南の匂い。北の匂い。それは住んでみなければわからないことだった。

この初秋亭の住人の一人である藤村慎三郎《ふじむらしんざぶろう》が、二階の縁側に出て爪を切りながら風の匂いを嗅《か》いでいると、玄関が開く音がして、夏木権之助《なつきごんのすけ》が入ってきた。敷居《しきい》をまたぐ足のさばき方もだいぶしっかりしてきている。

「よう、藤村。今日も泊まったのか」

「うん。帰ってもしょうがねえし。康四郎《こうしろう》と差し向かいで飯を食うのも気づまりだし」

藤村がそう言うと、夏木は長くかたちのいい眉をひそめ、

「加代《かよ》どのはまだもどらぬか？」と、訊《き》いた。

「まだだね」

落ちた爪を庭先に払って、伸びをしながら答えた。

十日ほど前、元八丁堀同心藤村慎三郎の妻の加代が、短い書き置きを残して、役宅を出ていったのである。

書き置きには、

「いささか我慢の限界に達しましたので、この家から出ていきます」

とだけ書かれてあった。何が我慢の限界なのか。

むろん藤村の側には、やましいところはあるのだが、それがどこらあたりまで知られているのかはわからない。それに、この書き置きには宛て先というのがなく、亭主の藤村にだけ宛てたものなのか、それとも息子の康四郎に宛てたものなのか、それもはっきりしない。

最初に読んだ康四郎も、自分と関係がないとは思っていないようすだった。

「心配だろう？」

「なあに、本気で探せば、居場所くらいはすぐわかるしな」

と、藤村は答えた。

加代もまた町方《まちかた》の同心の娘である。したがって八丁堀で生まれ育った。藤村の家とは通りが三つほどちがうだけである。父母はすでに亡くなったが、家督を相続した弟がいる。だが、その弟の嫁とは相性が悪いとつねづね語っているくらいだから、加代がそこに転がり込むことはない。香道《こうどう》の師匠をしており、弟子が大勢いるので、逃げ場所には不自由しないはずである。

どうせどこへ行っても香道はつづけるだろうから、行方がまるでわからなくなることはないと藤村は思っている。

「やあ、お二人とも、おひさしぶりで」

この家のもう一人の住人である七福仁左衛門《しちふくじんざえもん》がにこにこしながら入ってきた。

これで三人がそろった。三千五百石の旗本、八丁堀の同心、老舗《しにせ》七福堂のあるじと、三人は身分や仕事こそちがうが、幼なじみの友だち同士だった。ちょうど時を同じくして隠居することになり、三人で集《つど》うための景色のいい隠れ家を探したのである。そうして見つかったのが、この初秋亭であった。ただ、隠れ家とはいってもそれは当人たちの気分の問題で、ここは妻や友人たちにも知られており、別段、潜伏しているわけではない。

「おう。どうだ、倅《せがれ》は？　もう歩くかい？」

と、夏木は笑いながら訊いた。まだ、生まれて十日である。夏木らしい機嫌のいい冗談だった。

「あっはっは。おかげさまで元気です。あ、お七夜のときはわざわざありがとうございました」

藤村と夏木といっしょに祝いを届けたのだった。

なにせ、五十六にもなってできた息子である。長男の夫婦になかなか子ができず、孫をあきらめかけていたところの自分の子だからかわいくてたまらない。いっときたりとも目を離したくないらしく、この初秋亭に、もう十日も来ていなかった。

「そういえば、藤村さんとこの加代さま」

「ああ」

仁左衛門の赤ん坊が生まれた日に、加代が出て行ったので、わざわざ仁左衛門には伝えていなかったのだが、どうも康四郎か、三人が行きつけの居酒屋〈海《うみ》の牙《きば》〉

経由で話がまわったらしい。お七夜のときにはもう、話は伝わっていたのだ。

「わけはともあれ大変だね」

「そうでもねえって」

するとわきから、

「いや、藤村。女が決意のもとに家を出るというのはやはり大変なことだぞ」

と、夏木がたしなめるように言った。

「そうだと思うよ。あっしもおさとから、おちささん探しを手伝ってやれと言われてね。今日はひさしぶりに外に出たってわけで」

仁左衛門の倅鯉右衛門《こいえもん》の嫁のちさがいなくなったままである。

「藤村さんよ。今日はあっしといっしょに加代さまを探そうじゃないの」

「やなこった。こっちから探す気なんざねえもの」

と、藤村は横になって強気なところを見せた。

「それは、女一人だって食っていけぬことはない」と、夏木が言った。

「ああ。食ってる人はいくらもいる」と、藤村は言った。

「だからといって、舐《な》めてはいけない」

「舐めたつもりはねえんだが」

「いや、藤村はちと、加代どのに冷たすぎだ」

「そうかねえ。女は難しいなあ」

藤村がそう嘆くと、

「難しいでしょうか？」

という女の声が、玄関口から聞こえた。

「ん？」

三人はいっせいにそちらを見た。

女が立っていた。歳《とし》のころは三十をすこし過ぎたか。目はすこし垂れ気味でやさしげだが、鼻梁は細く、口元がきゅっと締まって、こちらは気の強さを感じさせる。大年増《おおどしま》だが、なかなかの美女である。

鉄漿《おはぐろ》はしていない。美女に目がない夏木が興味を引かれたのは明らかで、動きの悪いほうの膝がぐいっと前に進んだ。

「おっほっほ。お話をさえぎって申し訳ありませぬ。大きなお声が外に洩《も》れていましたので」

「ああ、そうかい。なあに、別に隠してるわけでもねえからな」と、藤村が苦笑し、

「女全般の話というより、おいらの女房の話でしてね」

「まあ、そうでしたか」

「ところで、どちらさまかな」と、夏木が訊いた。

「こちらでよろず相談に応じていただけるとうかがったのですが」

「はい。いたしますよ」

と、仁左衛門がいまから南蛮渡来の珍品でも売り出しそうな愛想の良すぎる声を出した。隠居した身をただ遊ばせておくのは勿体《もったい》ない。世のため、人のため、これまでつちかった経験を活かそうと、初秋亭の三人は巷の相談ごとに応じることにしたのだ。

「じつは、隣人の嫌がらせにほとほと迷惑しておりまして」

「それは困りますな。さあ、まずは上がられよ」

女は妙な遠慮はせず、勧《すす》められるまま座布団に座った。

「お初にお目にかかります」

だいぶ丁寧なご挨拶である。

「これはお茶うけにでも」

と、深川万寿堂のあられの箱を置いた。

「これはご丁寧に」

と、七福仁左衛門が代表して受け取る。ここのは値は張るが、酒のつまみにもなるくらいうまい。気の利いた手土産である。

「わたくし名を菊代《きくよ》と申します。住まいは深川正源寺の門前に無休庵というそば屋がございますが」

「ああ。あそこのそばはうまいんだよねえ」と、仁左衛門がうなずいた。

「それは存じあげないのですが、そのそば屋のわきを抜けるとちょっとした家作が集まった一画がございます。わたくしは半月ほど前にそのうちの一軒を購入して住みはじめました。いろいろ探しまわったあげくに気に入って買った家ですので、家自体に問題などはございません」

「なるほど。そこの隣人が問題なのですね」

「はい。まず、わたくしが越して七日、八日したころに、犬を飼いはじめました。わたくしは犬が嫌《きら》いなのでございます」

菊代はきれいな眉をひそめた。

「大きい犬かい?」と、藤村が訊いた。

「いえ、まだ仔犬ですから。でも、いずれ大きくなります」

「犬ねえ」

藤村は表情に出さずに、夏木と仁左衛門を見た。ちと、面倒な女かもしれないぞという警戒心を、その無表情にこめている。よほど迷惑をかけているなら別だが、犬を飼うなとはなかなか言えない。それに、江戸の町は犬だらけで、犬に目くじらを立てていたら、町なんか歩けない。

「それくらいは、お互いさまということでは駄目かな？」

と、夏木が鷹揚《おうよう》な笑みを浮かべて言った。

「もちろん、わたくしだって抗議などはしておりませんよ。犬が庭先からこっちに来たりすると、しっしと追い払うだけです」

犬からすると、だいぶ怖そうである。

「問題は犬だけではありません。わたくしが嫌がること、怖がることを次から次にするのです」

「たとえば？」と、藤村は訊いた。

「地震です」

「地震？」

「あのあたりは、地ならしが甘かったのか、隣りの庭でぴょんぴょん飛び跳ねられると、まるで地震みたいに家が揺れるんです」

たしかに深川の多くは海辺の湿地を埋め立てたので、ところどころにそうした場所はある。だが、そこで飛び跳ねて多少、地面が揺れたとしても、その者を地震を起こすなまずのように糾弾することはできない。

「それから、わたくしは生姜《しょうが》を煮るときの匂いというのが大嫌いなのですが、これも毎日やられるのです」

「生姜を煮る？　まあ、煮魚などには入れたりしますな」と、藤村は言った。

「毎日ですよ」

「ふむ」

何も言わなかったが、居酒屋海の牙あたりでも、生姜を煮る匂いは毎日するだろうなと、藤村は思った。

「そして、妖怪です」

「妖怪……」

三人は思わず顔を見合わせた。お互いに、「この人は危ないな」と注意を促しあう顔をしている。

「お隣りの人が妖怪だとか？」

と、夏木が真面目な顔で訊いた。

藤村と仁左衛門は思わず笑いを嚙み殺す。

「そんな馬鹿な。豆腐小僧という妖怪がいますでしょ？」

「ああ、あれね」

頭の大きな子どもの妖怪で、いつも赤大豆でつくった紅葉豆腐を持っている。黄《き》表紙《びょうし》などによく描かれているもので、恐ろしいというより、むしろ愛らしいと感じる人のほうが多いのではないか。

「その豆腐小僧が、ちょうど薄暗くなったころに、路地を入って来て、わたくしの家をのぞくように横切り、隣りの家に入るのです」

「はあ」

「だいたい妖怪のたぐいはみんな嫌いですが、ああいう小さな妖怪がもっとも苦手なのです。もちろん、その豆腐小僧は贋物《にせもの》に決まってますよ」

「やはり、贋物だと思いますか」

藤村は安心した。それを本物だと信じているようなら話は面倒だが、ある程度まで は気は確からしい。

「それは当たり前でしょう」と、菊代は言い、ちょっと切なそうに眉をひそめながら、「おそらく、わたくしのことをなんだか嫌いなものが多い、文句だらけの女と思われたことでしょう。町役人の方に相談したときも、そのような顔をされ、ほとんど相手にしていただけませんでした。でも、わたくしはそんなにたくさん嫌いなものがあるわけではありません。いまあげた四つのものは、わたくしが嫌いなもののすべてなのです。他に嫌いなものはありません」

「ほう」

と、藤村の顔から薄い笑みが消えた。

「その嫌いなことがすべて、お隣りで起きているなんて、おかしくないですか？そんな偶然がありますか？」

「たしかにな」

冷静に考えたら、おかしな話ではある。だとすれば、隣人の嫌《いや》がらせというのも充分考えられる。

「ところで、仕事は何かしておられるのか？」と、夏木が訊いた。

「いまのところはまだでございます。じつは、先月まで千代田のお城の大奥で働いていて、宿下《やどさ》がりしてきたのでございます」

「そうでしたか」

言われてみれば、たしかにそこらの女にはない気品が感じられる。

「大奥では、山ノ井《やまのい》と呼ばれておりましたが、いまは元の名に返って、菊代となりました。これからは、常磐津《ときわず》の師匠でもして、暮らしていこうと思っております」

「大奥ですかい。あっしらも、大奥のことには興味津々《しんしん》ですよ」と、仁左衛門が身を乗り出した。

「そうですか。大奥のことは……」

と、菊代が声をひそめたものだから、

「はい」

三人は思わず居ずまいを正した。公方《くぼう》さまの不思議な習慣のことでもそっと教えてもらえるのか。

「口が裂けても申し上げることはできません」

「あら……」

釘を刺されてしまった。

「そら、そうですよね」

と、うなずくしかない。

「その隣りの人というのは、以前から知っていた人かな？」と、夏木が訊いた。

「いいえ。まったく会ったことも、名前を聞いたこともありませんでした」

「何をしているのですか？」と、仁左衛門が訊いた。

「儒学者だそうです。名前は林仁々斎《はやしじんじんさい》といいます」

「林なんとか斎というのは聞いたことがあるが、それは聞いたことがねえなあ」と、藤村はうなずいた。

「いつも家にいて、机の前に正座し、本ばかり読んでいるみたいです。近所の人に聞いた話だと、いくつかの大名屋敷や旗本のお屋敷で、家来の子弟たちに講義をおこなっているそうです。あとは、何人か、その豆腐小僧のように自宅に通う生徒もいるみたいです」

「では、とりあえずお宅にうかがって、ようすを見させていただきましょう。それでお隣りと話ができそうなら、ちと話をしてみますよ」

藤村がそう言うと、

「ありがとうございます」

礼を言って、目頭《めがしら》を押さえた。感情を露骨にぶちまけることはおさえていたのだろうが、やはり、本当に困っていたようだった。

二

仁左衛門が今日はどうしてもおちさを探させてくれというので、菊代の家には藤村と夏木で訪ねることにした。

初秋亭から菊代の家までは、町名こそ違え、すぐ近くである。藤村は夏木の足をそれほど気にせず、いつもの足取りで歩いた。夏木の足はずいぶんしっかりしてきて、杖《つえ》こそつくが、歩くのはたいして苦にならないらしい。回復ぶりは驚くほどだが、その陰には夏木の懸命の努力があることも藤村たちは知っている。

菊代の家は、ちょっと見には長屋のようだが、二階建ての一軒家が寄り集まった一画である。家同士がだいぶひっついて建ってはいるが、それぞれのあいだをいちおう狭い路地が通っていた。

入っていく途中、路地に小さな三毛猫がいた。

「あら、おたま、日なたぼっこ、いいわねえ」

と、菊代はその猫にやさしく声をかけた。

猫もにゃあと返事をした。

ある。

「飼い猫ですかい？」と、藤村が訊いた。

「いいえ。そっちの八百屋の猫」

なるほど、犬だけが苦手なので、生きものはみな嫌いというのではなさそうである。

行き止まりは高い塀になっている。向こうはたしか御船手組《おふなてぐみ》の組屋敷のはずである。菊代の家は、塀から二軒ほど手前にあった。

「さあ、どうぞ」

中はきれいに片づいている。一階は台所と六畳間だけで、二階はどうなっているかわからない。箪笥《たんす》と茶箪笥が並び、その上には、きれいな人形が何体も並んでいる。どれも踊っている姿をしたもので、藤村たちはわからないが、歌舞伎の狂言を題材にしたものなのだろう。座布団の色もいかにも女らしい。

菊代は庭のほうに顔を出し、横を向いて、

「あ、それが隣りの犬」と、言った。

「どれどれ」

と、藤村と夏木も顔を出す。

半間《げん》ほどの路地をはさんで、すぐ隣りの庭に仔犬がいた。顔のあたりがすこし灰色になっているが、あとは白い毛に包まれた仔犬である。生まれて四、五ヶ月といったところか。こっちを見て、尻尾も振った。

「わしらが見る分には、かわいい仔犬だがのう」と、夏木が言った。

「子どものころ、ひどく咬《か》まれたことがあるんです。それ以来、犬は駄目《だめ》で」

「そういうことなら仕方ないな」

夏木がそう言い、藤村がうなずいた。

「それで、次は地震ですな？」と、藤村が訊いた。

「はい。飛び跳ねるのは朝ですので、もうやりませんね」

「どれどれ、おいらがやってみましょう」

と、藤村が玄関口から雪駄《せった》を庭のほうへとまわし、ぴょんぴょんやってみた。たしかに足元がしっかりしていない感じがする。霊岸島《れいがんじま》の一部がやはり地盤が悪くて、足元の感じから蒟蒻《こんにゃく》島などと呼ばれているが、同じようなものである。

「ああ、揺れる、揺れる。これはひどいな」

と、夏木が呆《あき》れた。家じゅうがみしみしいっている。地震が嫌いな人なら慌てて飛び起きるだろう。

ひとしきり、揺れ具合を見たあと、また家の中に入った。

「生姜の匂いというのは？」

「もうじきお昼ですから、たぶんまもなくしてくるはずです」

菊代が淹《い》れてくれたお茶を馳走になっていると、なるほどぷぅんと匂ってきた。生姜だけを煮ているのではなく、甘い匂いも混じっている。

「ふうむ。どうだい、夏木さん」

「まあ、わしは気にならぬが」

藤村や夏木はなんともない。むしろ、食欲をそそる匂いである。だが、菊代は手拭いを鼻にあて、我慢をしている。

交渉によっては、これとこれは我慢するから、こっちは絶対に勘弁してくれと、そうした個別の交渉も必要になるかもしれない――と藤村は思った。そうした交渉は仁左衛門がいちばん得意なのだが、今日はいないので仕方がない。

「二階でも匂いますかい？」

「風向きにもよりますが、一階ほどじゃないですね」

それなら、これは我慢しなければならない口だろうか。

「これに豆腐小僧が加わるんだね？」

と、夏木が前の路地を指差して訊いた。

「はい。そっちは黄昏《たそがれ》どきです。すぐにお隣りに入ればいいのに、いったん立ち止まり、その玄関口からわざとこっちをのぞいていきます。顔はかわいらしいのですが、逆にかわいいほうが怖い気がします」

「どれも毎日なのかい？」

「豆腐小僧だけは、毎日ではありませんが、ほかは毎日です」

なるほど四つとも嫌いだったら、かなりの苦痛だろう。

「ここに越して来たばかりのときに、ご近所には引越しそばも配りましたし、お隣りとも挨拶はしたのです。そのときは大変、感じもよかったのです。ところが、七日、八日と経つうちに、これらをやりだしたのです」

「喧嘩をしたわけでもねえのにかい？」

「はい。まったくしておりません。井戸端で会えば、ちゃんと挨拶もしておりますし、嫌われる理由など、見当がつきません」

「ふうむ。奇妙だねえ」

と、藤村は顎の先を撫でた。

もっとも、人が何を理由にして好き嫌いの判断をするかなんて、わかるわけがない。藤村は、子どものころ、げじげじ眉の悪ガキに苛《いじ》められたことがあり、いまでもげじげじ眉の男は第一印象が悪い。

「菊代さんがこの四つを嫌いだということを知っている人はいますか？」と、藤村は訊いた。

菊代はしばらく考え、

「いくつかは知っている人はいます。大奥での同輩ですとか、古い友人や、幼なじみなどは……。でも、四つとも知っている人は、思い当たりません。もちろん父母は知ってましたが、もう亡くなりましたし」

「いないとなると、厄介《やっかい》だな」

藤村がそう言うと、

「妖《あや》かしや千里眼といった不思議な話になるのかな？」

と、夏木が藤村に言った。

「いや、菊代さんの嫌いなものを、誰かがその大奥の同輩や幼なじみなどに訊いてまわれば、四つとも知っていてもおかしくはないのさ。だが、それは誰にでもできることではないし、大変な手間もかかる。厄介なことだというわけさ」

「それを訊いてまわったのが隣りのやつか？」

「ふつうに考えれば、そうなるよな」

「何のために？」と、夏木が訊いた。

「それはもちろん、ここから追い出したいからだろうな」

「ふうん」

と、夏木は納得がいかない顔をした。

「だが、藤村、そいつはおかしいぞ」

「何が？」

「だって、よく考えてみろ。追い出したいなら、もっと簡単な方法はいっぱいあるんじゃないのか。うるさい音を立てつづけるのもいいし、庭に糞尿を撒き散らしたっていい。かわいい仔犬を飼うよりも、動物の死骸を放り投げたほうがもっと嫌な思いをするぞ」

「まあ、気味が悪い」

と、夏木の話に菊代は眉をひそめた。

「そういえば、そんな落語もあったな。追い出したいがため、その家にはおばけがいると脅《おど》かしたら、ひどく気の強いやつに逆にやりこめられるという話」

と、藤村はこのあいだ寄席《よせ》で聞いた話を思い出した。

「そうそう。追い出そうとするなら、その程度の嫌がらせから始まるわな。それをわざわざ手間ひまかけて、菊代どのの嫌いなものを探《さぐ》るか？　生姜を煮るなんて、面倒なことをするか？」

「なるほど」

夏木の推量は理にかなっている。

藤村もわからなくなった。

「いま、生姜の匂いをさせているくらいだから、当人はここにいるのだろうな」

と、藤村が訊いた。

「はい。いると思います」

「じゃあ、夏木さん。行ってみようや」

「ああ、それがよい」

意外につまらない誤解が原因だったりもする。

二人は一度、表に出て、

「ごめんくだされ」

と、隣りに訪《おとな》いを入れた。戸口から戸口のあいだは十歩もないくらいである。

「はい。何か？」

林仁々斎とやらは、正面の部屋でこちらを向いて書見《しょけん》をしていた。家のつくりは菊代の家とまるっきり同じである。台所のへっついの上で、生姜が煮られているらしく、鍋《なべ》がかたかたと音を立てている。

「わたしどもは、お隣りの知り合いなのだが、ちとお訊ねしたいことがありましてな」

　と、藤村が言った。

「このままでよろしいですかな」

　と、林仁々斎は言った。

十徳《じっとく》という羽織を着て、すましている。歳はまだ若そうで、せいぜい三十前後ではないか。それが年寄りじみているのは、藤村にはなんだか気に入らない。若いやつは未熟なくらいがかわいいような気がする。

「どうぞ、そのままで」

　と、藤村は言い、玄関口に夏木といっしょに腰をかけた。

「じつは、林どのが最近、お始めになられたことが、どれもお隣りのご婦人が嫌いなものばかりでしてな？」

「たとえば？」

　と、林は怪訝《けげん》そうに訊いた。

「たとえば、最近、犬を飼われましたな？」

「ああ。飼いましたよ。それが？」

「お隣りは犬が苦手でして」

藤村がそう言うと、林は憮然《ぶぜん》とした顔をした。

「犬は飼いましたが、別にお隣りで飯をねだってるわけでもないでしょう。うちで飯を与え、うちの庭で遊んでいるだけで、お隣りに迷惑をかけているとは思いませんが」

と、林は庭を指差した。仔犬は行儀よく座ってこっちを見ている。人間の子どもよりもおとなしく、品もよさそうである。

「たしかに。ただ、なぜ、いま犬を飼うようになったか、そのわけをお聞かせいただけませんかね？」

「わたしの知り合いのところで仔犬が産まれたのです。それで、一匹もらってくれと頼まれただけですよ」

「知り合いとは？」

「わたしが儒学を講義しにうかがっている某大名家です。あなたに名を明かす必要はないでしょう」

と、きっぱりと言った。なるほど、そういうところから頼まれたら、断わるわけにはいかないだろう。

「では、ほかのことをうかがいます。最近、朝、庭に出て、ぴょんぴょんと飛び跳ねたりなさいますな」

「してますよ。それが？」

「それはなぜ、始められたので？」

「わたしのような者は、書見ばかりしているので、足腰の衰えが早い。それを防ぐには、ぴょんぴょん跳びをするのがいちばんだと教えられたのです。それで、毎朝、五百回、ぴょんぴょん跳びを始めました。文句がおありですか？」

「それも、さっきの某大名家で教えられた？」

「いや、それはわたしが講義に行っている別のお旗本の家です」

「なるほど。それからお訊きしますが、毎日、生姜を煮ておられますよね」

と、藤村はいまもぐつぐついっている鍋を指差して言った。

「ああ」と、林は思い出したように立ち上がり、鍋を火から下ろし、へっついの炭に灰をかぶせた。「煮てますが、それが？」

「それも最近、始められたようですが、なぜ？」

「なんでそんなことまで言わなければならないのですか?」

「ちと、奇妙なことがありましてな。なにとぞお教えいただけませんか?」

と、わきから夏木が丁寧な口調で言った。

「どうしてそのようなことまで訊かなければならないのですか?」

「ぜひに」

「そ、それは……口の臭いを防ぐには、生姜を食べるのがいちばんだと聞いたからですよ」

と、林仁々斎は顔を赤らめて言った。

「へえ。どなたに聞いたんです?」

藤村が驚いたように訊いた。

「わたしが通っている飲み屋の女ですよ。かわいい娘で、まあ、そういう娘と話をするときは、こっちも気をつけるのが礼儀というものでしょうよ」

「そりゃそうですな。なるほど、飲み屋の娘さんね」

林は馬鹿にされたように思ったのか、

「性格だってすごくいい娘ですよ」

と、付け加えた。

「それと最後にもうひとつ。夕方、豆腐小僧のような子どもが、こちらのお宅を訪れますよね」

「豆腐小僧？　なんですか、それは？」

と、林が訊いた。とぼけているのではないらしい。

「なんと言いますか、ちょっと頭が大きめな子どもで、笠をかむり、派手な模様の着物の裾をからげて、紅葉豆腐を捧げるように持ち歩く妖怪です」

「妖怪？　ああ、政吉《まさきち》のことですか。妖怪はかわいそうでしょう。わたしの手習いの弟子です。家が豆腐屋をしているので、その日につくった豆腐を親が持たせてよこすのです。なんですか、あなた、そういう親御さんの好意がいけないとでも言うのですか？」

だいぶ色をなしてきている。

当人に嫌がらせのつもりはまったくないのだ。

しかも、この林仁々斎は、訊かれたことにはちゃんと答えてくれるし、どう見ても悪人には見えない。

「そういうわけでは……」

藤村と夏木も困ってしまう。

「なんですか。お隣りのおなごが、とにかく嫌いなものが多くて、わたしに八つ当たりしているだけではないですか？　もしかしたら、そうやっていちゃもんをつけ、わたしをここから追い出そうという魂胆《こんたん》なのでは？」

「いや、それはちがう。わかりました。あなたのお考えはうかがいました。ちと、なるほど林がそう受け取っても何の不思議もない。

お隣りとも相談をしてみます」

と、藤村は恐縮して言った。

ここは退散することにした。

「あなたがたに何を言われようと、わたしはさっきのことをやめるつもりはありませんからね」

二人の背中に、林はそう言った。

藤村と夏木は、菊代の家の前で小声で相談した。

「夏木さん。これはかなり手がこんでいるぜ」

「ああ。なんせあの林を動かしているのが一人ではないのだからな」

「誰かが、菊代さんの怖いものを知っていて、林の周辺に働きかけたのだ」

「そうかもしれぬ。だが、追い出すためではなかったら、誰がなんのためにそんなことをするのだ？」

「さてな……」

藤村は首をかしげた。

菊代は家の中から、話し合いの結果を早く教えてくれというような顔で、こっちを見ている。

この家のまわりは日当たりもよく、それぞれの家の前に並んだ植木がそれぞれよく育っていて、小さな森のようで心地いい。

だが、藤村はなにか、薄気味悪い感じがしてきていた。

三

七福仁左衛門は疲れた足取りで浅草近辺を歩いていた。時間がもったいないと、昼飯を抜いたのがいけなかったかもしれない。だからといって、夕方近くになったいまは、飯を食う気にはなれない。

ここらはとにかく人出が多い。

花川戸町《はなかわどちょう》から、芝居小屋が並ぶ猿若町《さるわかまち》のあたりへ抜けた。浅草寺《せんそうじ》のずっと裏手には吉原があるが、おちさは吉原よりはこの門前のほうの茶屋に出ていたらしい。

芸者らしい女も多く見かける。いまごろの時刻だから、起きてそうは経っていないのだ。化粧はしておらず、湯に行ったり、髪結いに行ったり、近くで買い物をしたりしているのだろう。

つい、顔を見てしまう。みな、なんとなく疲れた顔をしている気がする。もっとも元気な職人だって仕事を終えて帰るころには、疲れた顔になる。芸者衆のいまは職人の夕方と同じような時刻なのだろう。

——おちさはやっぱり芸者にもどるのではないか。

と、仁左衛門は思った。

しばらく芸の世界から離れたし、歳もとった。気後《きおく》れもするだろう。それに、残していった書き置きには、「地道にやる」というようなことも書いていた。

商人からしたら、芸者というと地道じゃないと思いがちだが、地道に芸者をやる女だっていないとは限らない。

なんせ、ほかにやれることはないのではないか。十歳のときには置屋に預けられたと聞いたことがあった。

それはここ何ヶ月かは店番もやり、小間物の陳列には才覚があることもわかった。

だが、店番では飯を食っていけるわけがない。

そう考えたら、やはり芸者しかないような気がする。

浅草か。あるいは柳橋か、深川か。柳橋や深川では、近くて見つかるのではと避けるのではないか。いや、もしかしたら見つけて欲しいというのも考えられる。

——あたしはおちさには、ずいぶん冷たい舅《しゅうと》だと思われてきただろうな。

と、思う。ちょうどおさとのこともあって、それどころではなかった。そのあと、家督をゆずった鯉右衛門の商売がごたごたしたときも、倅の駄目なところを、嫁のせいにしていた気もする。

いまは、なんとか探し出してやりたかった。探し出し、自分が頭を下げてでも、鯉右衛門とともにあの店の運営にたずさわらせてやりたかった。鯉右衛門を一人前の商人に育てるのは、自分ではなく、あの嫁なのではないか。

今日一日で、何百人の女の顔を確かめただろう。もちろん、おちさは見つからない。

だが、たった一日歩いただけで探している女が見つかるはずがない。

仁左衛門は、諦《あきら》めて、ここらでもどることにした。今日は暮れ六つごろに、夏木と藤村と海の牙で会う約束になっている。

猿若町を一回りして、馬道のほうから浅草寺の境内《けいだい》へ抜けようとして、思わぬ人を見かけた。医者の寿庵《じゅあん》だった。

寿庵は懐手《ふところで》をして、ずいぶん難しい顔で歩いている。診療のときに持つ薬箱もないし、弟子もいっしょではない。

あまりに難しい顔なので、声をかけようか迷ってしまった。

すると、寿庵がこっちを見た。

「よう、七福堂さん」

難しい顔に笑いが浮かんだのでほっとした。

「先生、こんなほうまで往診ですかい?」

「いや、ちがうんだ。さんざん手を尽くしたんだが、亡くなってしまった患者がいてさ。そこの法善院《ほうぜんいん》というところに葬られたので、墓参りにな」

「そうでしたか」

「一人残らず救おうとしてるんだが、とてもとても」

と、寿庵は疲れのにじむ笑顔を見せた。

「そりゃそうだよ、先生」

「また、患者というのはみながみな、夏木さまのようではないから厄介だ。人間には、自らの病を治そうとする力が備わっているのさ。医者なんていうのは、その手伝いをしてやるだけなんだ」

「へえ」

「ところが、それを言い聞かせても守りやしない。痛いの苦しいのと言いながら、わしの目を盗んでは酒を飲み、煙草を吸い、女と遊び、博打《ばくち》に夢中になる」

「女も博打も駄目ですかい？」

「それ自体はさほど悪くはない。だが、欲にとらわれ、暮らしからゆとりとか、感謝の気持ちとかがなくなっていく。病を治すには、人でいなければならないのに、人としての根本を失っていくのさ。それじゃあ、病は治らないよ」

「へえ。あっしらは、寿庵先生に教わったあの筋《すじ》伸ばしを、三人で一生懸命やってるんですよ。でも、それだけじゃ駄目ってことですかね」

「いや、あんたたちはちゃんと人の根本を持っているさ。だから、あの筋伸ばしだけでも充分、効果があるよ」

と、寿庵は安心しろというように、仁左衛門の肩を叩いた。

このまま いっしょに帰ろうと思ったが、寿庵が浅草寺前の広小路のところで、下《した》谷《や》に用があるというので別れることになった。

後ろ姿を見ると、寿庵先生の足取りは一日じゅう歩いた仁左衛門よりも、さらに疲れているように見えた。

夏木がいちばん遅れて、海の牙に入った。一度、屋敷にもどり、中間《ちゅうげん》といっしょにここまで来た。倒れて以来、酒を飲むときはこうするよう、奥方の志乃《しの》との約束になっているのだ。

その夏木が、藤村と仁左衛門の前に出ている鍋を見て、

「なんだ、どじょうかい」

と、がっかりして言った。

「ここに来て、どじょうを食わされるとはな」

「そう思うだろ。だが、夏木さん、まあ、食ってみなよ。さすがに安治《やすじ》だと思うから」

藤村に勧められて箸《はし》を取った。

「なんだ、これは。どじょうが開いているではないか」

「そうだよ。一匹ずつ開いて、内臓を落としたんだと」

すでに真っ赤な顔になっている仁左衛門が言った。

「あ、うまい」

「だろ。内臓がないから、泥臭くねえんだ」

「それにしても手間をかけるものだのう」

豆腐やごぼうといっしょにどじょうを煮て、かき玉子が流してある。夏木はそこからどじょうを一匹つまみ、しげしげと見た。

そのどじょうを藤村がわきから箸でさっとかっさらい、

「たいしたもんだよ。安治っておやじは」

と言って、口にぱくりと入れた。

三人の反応を見て、この店のおやじである安治が、向こうの調理場で嬉しそうに笑った。

ここ海の牙に三人がそろうのは、半月ぶりくらいである。一時期は毎晩のように入《い》り浸《びた》ったが、近頃はそれぞれ面倒ごとがあり、のんびり酒を飲む機会が少ない。

「なあ、藤村さん。加代さまはやっぱり、かな女《じょ》のことで怒ったんだろ？」

と、仁左衛門が訊いた。訊きたかったが我慢していたのを、やっと訊いたといったふうである。

「どうなのかね。おいらのことよりも、やっぱり康四郎のことで怒ったような気もするんだよ。女は息子を盗られたとでも思うんだろ。そこへおいらがからんだから、怒りはますます爆発したのさ」

香道の弟子の一人が、かな女のところで俳諧《はいかい》も習っている。そこからあることないことが加代に伝わったらしい。

「あること、ないことね」

と、仁左衛門は笑った。

「かな女を康四郎と取り合ったというのはたいしたものさ。おやじの大健闘といったところだ」

夏木が指で藤村のわき腹をつっ突きながら言った。

「それが、取り合ったというほどのもんじゃねえんだよ。おいらも康四郎もかんたんにふられたってのが真相だもの」

「いや、かんたんにふられたのは藤村さんのほうだけで、康四郎さんはけっこううまいことといったんだよ」

仁左衛門がそう言うと、

「ちっ」

藤村は悔しそうに舌打ちした。

「ともあれ、おいらのつかの間の幻は消えたのであります」

すこし呂律《ろれつ》が怪しい。藤村にしては酔いが早い。

「ほんとに消えたのか？」

と、夏木が疑わしそうに訊いた。

「消えましたよ。きれいさっぱり。恋心なんてえのは、意外にあっけなく消えてしまうことは、おいらは五十数年の人生で幾度となく経験してきてますから」

「わしはそこまで割り切ることはできんがな」

と、夏木が言うと、

「あっしは夏木さまと藤村さんのあいだくらいだね」

と、仁左衛門が言った。

「近頃、おいらの句がさっぱり冴《さ》えないのも、そのせいかな」

「おや、そのせいかい？」

仁左衛門がからかうように言い、

「わしはそういうことがあると、逆にいい句ができるけどね」

夏木は思い出したように言った。

「夏木さんはな。おいらは繊細だから」

「わしは鈍いか」

「なんか、発句《ほっく》じゃないものを習おうかなあ」

「端唄《はうた》はどうだ、端唄は？」

「梅は咲いたか、桜はまだかいなって」

「音曲《おんぎょく》はいいよな。頭をあまり使わなくてすむ。そういや、おいらは昔、三味線に凝《こ》ったことがあるんだ」

「駄目だ。頭を使わぬとぼけるのも早いぞ」

「藤村さん、いっそ香道はどうだい？　加代さまの弟子にしてもらって」

「冗談じゃねえよ」

「あっはっは……」

鬱屈《うっくつ》は、気のおけない友だちと飲めば、だいぶ晴れていくような気がする。

もちろん、鬱屈の本体が消えるわけではない。

それはもう、ずしりと……。

四

「あら、藤村さま。今日もお泊まりでした？」

玄関を開けて入ってきた菊代が、目を見開いた。

菊代が最初に相談に来てから、十日ほどが過ぎている。来たときは一日でも早く解決してもらいたいというほど切羽詰《せっぱつ》まっていたが、藤村たちが動きだすと、ずいぶん安心したらしい。大奥から巷《ちまた》の暮らしに入ってきて、誰も相談に乗ってくれる人がいないことがいちばんの悩みだったのではないか。

それから三度ほどここを訪ねてきたが、そのつど表情は明るくなってきていた。

この日は、着物の色が薄く明るい紫色ということもあって、いかにも爽《さわ》やかに見える。咲き誇る藤棚の下を、風が吹いてきたようである。

藤村は遅く起きて、庭先に手桶を出し、顔を洗っているところだったが、

「やあ、いきなり美人が現われて、目の前で花が咲いたようだな」

と、言わないはずの褒《ほ》め言葉まで口をついて出た。

「まあ、夏木さまみたいにお上手」

「夏木さんのは、お世辞半分。おいらのは本気だけ」

「おっほっほ。朝ごはんがまだでしたら、ちょうどいいのをお持ちしました」

と、菊代は折り詰めを目の前に下げて見せた。

「なんだい？」

「水戸《みと》屋の稲荷寿司です」

深川八幡の一の鳥居あたりにある寿司屋で、もとは江戸前の寿司全般をやっていたのが、稲荷寿司の評判がよすぎて、これ専門になってしまった。

「ああ、あれはうまいね」

「じゃあ、お茶を淹《い》れますよ」

菊代は身軽な調子で台所に立ち、湯をわかすしたくを始めた。

と、そこへ——。

「おや、菊代どの、今日は早いねえ」

夏木がやって来た。

「林先生が朝から何か変わったことでも始めたかい？」

「いえ、いつもと同じです。ぴょんぴょん飛び跳ね、なんだかわざとらしく仔犬に声をかけてました」

「菊代どのは、嫌なことにも慣れてきたのではないのかな？」

「慣れてはきませんよ。ただ、こうして聞いてくださるお人がいるだけでも、悩みというのはずいぶん軽くなりますからね」

三人で二階に上がった。

菊代は窓からの眺めに目を瞠《みは》った。

「まあ、いい景色」

「あれ、菊代さんは初めてだったかな」と、藤村が訊いた。

「はい。いつも下でお話ししてましたから」

「この景色に惚《ほ》れて、三人でここを借りてるのさ」

湖の中にいるように水景が広がっている。今日の水面は青空を映してひときわ青い。波は少なく、対岸の越前福井藩下屋敷の緑がいかにも清々《すがすが》しい。鉄砲洲《てっぽうず》の向こうに、本願寺の甍《いらか》が見え、その上をかもめだか鳩だかの群れが大きく旋回している。さらに彼方には、今日はいくらか白っぽく富士の山が見えた。

「富士を見ながら食う稲荷寿司はおつだ」

と、藤村は寿司を頬張る。

夏木も藤村があまりにうまそうに食うので、一つつまませてもらった。

食い終えて、

「今度の件は難しいねえ」

と、藤村は言った。

一昨日と昨日と、菊代のすこし前に大奥から宿下がりした女に当たりをつけ、いま、何をしているか探ってみた。だが、とくに怪しいことはなく、親類が決めた縁談で、嫁いでしまっていたりした。だいいち、菊代はそんな先輩とはお城を出てから会ってもいないし、この先、会う約束もないという。

「あとは、大奥に出入りしてる業者で、誰か思い当たるようなのはいねえかい？」

「はい。それは見当もつきませぬ。そもそも、出入りの商人と接触があるのは決まっていまして、わたくしは音曲を教えるというのがおもでしたので」

「接触はなかった？」

「はい。まるでなかったのです」

もはや、正直なところお手上げである。

だが、それを言えば、がっかりするだろう。

「今日は夜になったら、菊代さんの家を見張らせてもらうよ」

「まあ。夜に？」

一瞬、夏木が藤村の底意を疑うような目をした。

「おっと、心配はいらねえ。家には上がらねえから」

「おっほっほ。お茶の一杯くらいはどうぞ」

それ以上は駄目ですよと釘を刺されたわけである。

「誰かが探《さぐ》っていないとも限らねえしな」

ほとんど収穫を期待せず、藤村はそう言ったのである。


──失敗したぜ。

朝は調子に乗って、夜に見張りをするとは言ったが、藤村は今日はやめにすればよかったと思った。夕方から小雨《こさめ》が降りだして、底冷えがする。傘をささずに軒下に立っていれば、雨宿りをしているだけに思われて見張りはつごうがいいが、こういう日は足が疲れる。今宵《こよい》は早めに家にもどり、近所の湯に浸かってから早く眠りたい気分だった。

ところが──。

見張りを始めて四半刻（三十分）ほどしてからである。

菊代の家がある一画につづく路地に、大工箱を抱えた男が入って行った。

──ん？

何が怪しいというのではない。これは長年の同心暮らしで鍛えた勘というしかない。この大工の腰に二刀がないのが不思議に感じた。ただ、それだけだった。

藤村は、大工のあとを追って、路地に入った。足音を忍ばせた。

たいがいの家の明かりは消えている。菊代の家は、二階に小さな明かりが洩《も》れているのが見えた。宵っぱりで、遅くまで黄表紙などを読んでいると聞いたことがある。今夜もそうなのだろう。

大工はその二階の明かりをじっと見ていた。

藤村は静かに近づいた。

足音を殺していたのに、大工がすぐに気づいてこっちを見た。

只者《ただもの》ではない。

何か発散するものがちがう。たとえば、娘っこの巾着《きんちゃく》を切ろうと狙っているスリと、いまから大店《おおだな》に押し込んで店の者を皆殺しにしたうえで、数千両をかっさらおうとしている者とでは、発する悪の気配がちがう。それと同じように、こいつはただの見張りではない。

「何かな？」

と、藤村が一歩近づいて訊いた。とてもそれ以上は近づく気にはなれない。

「ん？」

「わしはその家に知り合いがいるのだが、何かご用かな」

「いや、用などないよ」

大工の返事には小さな笑いすらあった。藤村ごとき、相手にしていないという笑いである。

大工はそう言って、軽い足取りで路地の向こうの闇の中に消えた。追いかけるつもりなら追いかけてみなと、誘っているような後ろ姿だった。

藤村は追う気にもなれない。びっしょり汗をかいている。

——菊代はいったい何を抱えて、大奥から出てきたんだ？

藤村は、途方もない大事と向き合ってしまったことを痛感していた。菊代への嫌がらせはああいう恐ろしい連中まで関わってくるようなものなのだ。とてもじゃないが、隠居たちの市井《しせい》のよろず相談で扱えることではなさそうだった。

翌日——。

藤村がどうしたらいいのか頭を抱えているところに、仁左衛門が顔を出した。なんと、手に赤ん坊を抱えているではないか。

「あれ、こんなとこまで連れ出していいのか」

と、藤村は驚いて訊いた。

「ああ。おさともいっしょさ。いま、そっちに立ち寄ってるよ。すぐ近くに用があったんで、それなら、こいつにもあっしらの隠れ家をのぞかせてやろうと思ってさ」

赤ん坊は起きていて、目をぱちくりさせている。

「おう、ずいぶんふっくらしてきたじゃねえか」

藤村が赤ん坊をのぞきこんでいると、夏木もやって来た。

「なんだ、なんだ。早くも倅自慢が始まったか」

「そんなんじゃないよ。心配はつきないんだから」

と、仁左衛門がくたびれたような顔をした。

「何が心配だ？」

「ほら、夏木さま。こいつの目がちょっと真ん中に寄りすぎてると思わないかい？」

言われて夏木ばかりか、藤村ももう一度、赤ん坊をのぞきこむ。赤ん坊はきょとんとした顔で、目を左右に動かした。

藤村にはどんなものかさっぱりわからないが、

「何を言うか。赤ん坊はみな、こういう目をしてるのさ」

と、夏木は言った。夏木は孫も何人もいるから、赤ん坊を見慣れているのだ。

それにしても、赤ん坊の肌というのは艶《つや》やかである。頬のふくらみは食欲をそそるほどである。近づけばなんともいい匂いがする……。

「あ」

と、藤村が顔を上げた。

「どうしたい、藤村さん？」

仁左衛門が不審げに訊いた。

「ぴんときた」

「何が？」

「やっと頭が動いたぜ」

そう言いながら、藤村は菊代の家のほうに歩きだした。

「ちと、うかがいにくいのですが、これを確かめないことには解決が難しいように思えるんでね」

藤村は菊代の家の玄関口に立ち、いつになく生真面目《きまじめ》な顔で訊いた。後ろには、やはり硬い表情の夏木が、横を向いている。

「どうぞ。なんなりと」

「菊代さんは、いま、お腹にお子さまがいるのでは？」

「……………」

菊代はいったんうつむいたが、厳しい表情で顔を上げ、

「はい。おります」

後ろで夏木が小さく「ああ」と言った。

「やっぱりそうですか。いま、菊代さんにいろいろ仕掛けている者は、ここを追い出したいわけでも、菊代さんを亡き者にしたいわけでもねえ。そのお腹のお子さまを、流産させたいからだと思うんです」

「まあ」

「そうとしか考えられません。それで、さらに訊きにくいことになります。これはおいらたちも口が裂けてもよそでは言いません」

「はい」

「そのお子さまの父親というのは、将軍、いや公方《くぼう》さまで？」

と、静かに訊ねる藤村のその声は震えていた。

五

「いやあ、ちがってくれてよかったぜ」

と言って、藤村はうまそうに盃をあおった。

「まったく、わしもどうなることかと思った」

夏木も嬉しげに、いかの一夜干しを手を使って裂《さ》いた。

「それで、誤解を解くことはできるのかい？」

と、仁左衛門が訊いた。菊代の家に事情を訊きに行ったとき、仁左衛門だけはいっしょに行けなかったのだ。

「それは、大丈夫らしい。大奥の年寄りの一人……」

「年寄り？」と、仁左衛門が疑問をはさんだ。

「お女中のうち、いちばん偉いのを年寄りというんだとさ。その年寄りの一人と、寛永寺《かんえいじ》で会うことになっているんだそうだ。なんでも菊代さんのことはずいぶん心配してくれていたんだと。それで、その年寄りに本当のことを伝えれば、しかるべきところに話は通じるのだそうだ」

と、藤村が言った。

菊代が公方さまのお子をみごもったかもしれない。

そう誤解されたのだった。

誤解されたのは、子ができた兆候を見られたからである。

大奥では、男は公方さましかいない。したがって、奥女中が懐妊すれば、相手は公方さま以外には考えられない。素直に考えれば、である。

ただ、奥女中も外に出ることはある。将軍の代理として、ときおり墓参に出る。その際は、複数の奥女中たちも同行する。だからこそ、世を騒がせた江島生島《えじまいくしま》の事件のようなことも起きた。

菊代がまもなく宿下がりすることは決まっていた。そんなとき、墓参の代理に加えられ、しかも年寄りが芝居見物をこの予定に組み込んだ。

菊代の相手は、その芝居小屋にいた。

「お役者ですか？」

と訊いた藤村に、菊代は顔を赤らめながら、

「役者買いではありませぬよ。もともと知り合いで、それが再会し、そうした仲になったのです。いっしょにはしないでください」

昂然《こうぜん》と顔を上げて言ったものである。

「だが、あちらとしては心配したのだろう。なにせ、天一坊《てんいちぼう》のようなことにだってなりかねないからな」

江戸っ子なら誰でも知っている芝居である。将軍のご落胤《らくいん》を名乗った大悪党だが、本当のところはどうであったのかは誰も知らない。

「大奥ってのはどういうところなんだい？」

と、仁左衛門が夏木に訊いた。

「わしにわかるわけがなかろう」

「でも、旗本あたりのきれいな娘が、大奥にご奉公に上がると聞いたぜ」

と、藤村も興味津々である。

「そりゃあたいがい実子ではない。養女にして送り込んだ口ではないか」

「なるほど。そういう手もありかい」

所詮《しょせん》は雲の上の話で、藤村や仁左衛門はもとより旗本の夏木ですら、仰ぎ見るような世界のことである。

「じゃあ、林仁々斎の嫌がらせは止むのかい？」と仁左衛門は訊いた。

「そりゃあ止むさ。その年寄りてえのが、菊代の子の父親は誰それだったとその筋に伝えるのだろう。その筋がどういう筋かは、おいらは知らねえよ。だが、林仁々斎の周囲にその命令は伝わり、林は何のことやらわけもわからぬうちに、仔犬を元の飼い主に返し、ぴょんぴょん跳びをやめ、生姜を煮なくなって、手習いの小僧も妖かしの真似をやめるのさ」

と、藤村が言い、

「潮が引くように、菊代さんのまわりも静かになる」

夏木がそう言った。

「それで、菊代さんはその子を産んで育てるつもりなのかい？」

と、仁左衛門が二人に訊いた。

「そうするんだと」

藤村が呆れた調子で言った。

「藤村。まあ、そうがっかりするな」

「がっかりなんざ……」

「だいたい、藤村はそれどころではない。加代どのを早く連れ戻してあげなければな」

と、夏木は藤村の肩を叩いた。

「菊代さんはすでに母の顔だったな、夏木さん」と、藤村が言った。

「そうだったな」と、夏木もうなずいた。「わしも女一人で生きていく覚悟みたいなものを感じたよ」

「女のほうが強いからね」

と、仁左衛門が断言するように言った。

「そうかね」

と、藤村は首をかしげた。おそらく菊代とは正反対の、入江《いりえ》かな女の弱さをちらりと思ったのである。

藤村は、一夜干しのいかをくわえながら、

「強い者は弱い、弱い者は強い」と、言った。

「なんだい、それは？」と、仁左衛門が訊いた。

「なんだか知らないがそう思ったのさ」

「それはこうではないか。おのれのことを強いと思っている者はそのじつ弱いところがあり、逆におのれの弱さを知っている者は強くしぶとく生きられたりする」

と、夏木がもっともらしく言った。

「ううむ。そんなふうにうまく説明されてしまうと、なんかなあ」

そうは言ったが、藤村もそんなところのような気がしている。

第二話　黄昏《たそがれ》の夢

一

「道中で喧嘩《けんか》などしないようにね」

と言いながら、志乃は背伸びして、洋蔵《ようぞう》の襟元《えりもと》を直した。

「あら、あなた、また背が伸びた？」

「どうでしょうか」

「でも、まだ十九だもの。伸びてもおかしくはないわよね。それよりも、喧嘩のこと。わかったわね」

「母上。大丈夫ですから」

「雲助《くもすけ》にからまれたりしても、刀を抜いたりしちゃいけませんよ。お金は盗られたらまた送りますから」

志乃の忠告は果てしなくつづきそうで、

「おい、いい加減にせい。裏街道を行くわけじゃあるまい。天下の東海道を堂々と旅するんだ」

夏木が割って入った。

「でも、お前さまはそうおっしゃいますが」

「母上。もうそろそろ出立させてください」

と、洋蔵が笑顔で言った。笑顔で言うあたりが、つくづく大人《おとな》になったと夏木は思う。数年前、荒れて暴れたころが嘘《うそ》のようである。人は自分のやりたいことが見つかると、こんなふうに素直になるものなのか。

夏木権之助の三男の洋蔵が、骨董《こっとう》について学ぶため、京都に行くことになった。洋蔵も行きたいとは思っているみたいだったが、夏木が何人かの骨董屋に訊き、やはり若いうちにいいものをいっぱい見ておくことは大事だと聞いたのである。

それには、古い都である京都や奈良に行くのがいい。知り合いの骨董屋も修業したという京都と奈良の店に問い合わせてもらい、その返事が半月ほど前に届いた。一年ほどいるなら、手伝いをさせながらいろいろ教えてくれるという。志乃はまだ早いと渋ったが、夏木は送り出すことにした。

出立の日も、志乃は厄日《やくび》がどうの、方角がどうのと、占い師に見てもらったりしていたが、夏木はそんなことは一笑に付した。

そうして今日、洋蔵の旅立ちをここ品川の宿まで見送りにやって来たのである。

夏木と志乃はここまで駕籠を使ったが、洋蔵はむろん、そんなものは使わない。大喜びで、飛ぶようにここまで来た。

夏木もそんな洋蔵の顔を見ると、心配であるとともに嬉しくもある。夏木にも覚えはあるが、強要された学問は面白くもなんともない。だが、やりたいことを学ぶのはさぞかし楽しいのだろう。

「洋蔵」

と、すこしよろよろした足取りで近づいた男がいる。

「では、黒川《くろかわ》の伯父さんもお元気で」

洋蔵が笑顔でそちらを向いた。

夏木の実兄で黒川家を継いだ団之丞《だんのじょう》である。七歳年上だから六十三のはずだが、もっと老《ふ》けて七十くらいに見える。

「うむ。待て待て。これはわしからの餞別《せんべつ》じゃ」

と、渡した包みは重そうである。

「兄上、それは」

夏木は止めようとしたが、実兄はなかば無理やり洋蔵の袂《たもと》に押し込もうとする。

「いいんだ、いいんだ。洋蔵、持って行け」

洋蔵が重さに驚き、包みを開けた。

「父上。これは多すぎるのでは」

中には小判がざっと二十枚は入っている。だが、伯父の黒川は、洋蔵の肩をぽんぽん叩きながら、

「そなたは三味線や踊りを学ぶわけではない。骨董や書画を学ぶのだぞ。手持ちの金は多いほうがいいに決まっている。いいから、磨いてきた目でわしにも掘り出し物を見つけてくれれば」と、言った。

「洋蔵、受け取っておけ」

実兄はカタブツだが、昔から蓄財の才はあって、実際の石高《こくだか》よりもかなり内証は豊かだということはわかっている。

「では、父上、母上」

洋蔵がお辞儀をした。

「うむ」と、夏木はうなずき、

「はい」と言った志乃はすぐに後ろを向いてしまう。肩が震えている。

「ほら。ちゃんと見送ってやれ」

と、夏木は志乃を振り向かせた。

過ぎてしまえば一年は早いが、そのあいだには何があるかわからない。夏木だってまた卒中《そっちゅう》の発作に襲われ、今度こそはあの世に持っていかれてもなんの不思議はない。だからといって、洋蔵がそんなことを気にして旅立ちをためらうのは愚かである。この世というところは、死屍《しし》が累々《るいるい》と横たわる上を、生きている者が押し進んでいくものなのだ。

さすがに若者の足は速い。挨拶をし、踵《きびす》を返したと思ったら、あっという間に見えなくなる。飛ぶような足取りで、別れの余韻もへったくれもない。

「兄上、わざわざありがとうございました」

と、夏木は黒川団之丞に言った。

「なあに。それより権之助。そなたに相談ごとがあるのだ」

「ああ、はい」

そんなことをこの前、ちらっと言っていたので、よろず相談ごとなら深川熊井町の初秋亭に来てくれと言っておいたのだ。

「今日にでも、あとで初秋亭のほうに行ってみる」

「わかりました。お待ちしております」

兄の黒川はそう言うと、志乃のほうはちらりと見ただけで、さっさと駕籠を拾って行ってしまった。下手《へた》に志乃を慰めたりすると、とんだ愁嘆場《しゅうたんば》を見せられると予期したらしい。

「お兄さまは何か？」

見送った志乃が訊いた。

「わからん」

「このところ急に老け込んだみたいですが、大丈夫でしょうか？」

「老けたのはたしかだな。では、わしらももどるぞ」

「はい……」

と言いながら、志乃の足は動かない。

——これはまずいな。

と思ったら、案の定、志乃の目から涙が噴き出てきた。

「おい、泣くな」

「そんなこと言ったって……」

声が洩《も》れ、号泣といった感じになってくる。

通りすがりの旅人がさりげなく志乃の顔をのぞいていく。「何があったのかね」などというささやきも聞こえてくる。

「志乃。すこし休んでいこう」

目の前は海で、景色がいい。海に面した水茶屋に腰をかけさせた。

波もなく、穏やかな春の海が広がっている。遠浅《とおあさ》の海には、潮干狩りをする者もずいぶん出ていた。空はやわらかそうな雲がぽつりぽつりとあるだけである。涙にはふさわしくない景色の最たるものだろう。その海を眺めながら、

「あの子にはいちばん心配もかけられましたね」と、志乃が言った。

「そうだな」

「あの荒れ狂ったころは、ほんとにこの子の人生はどうなってしまうのかと思いました。あなたはご存知じゃないかもしれませんが、わたくしは毎日、湯島天神にお参りに行ったのですよ」

「湯島にか？」

「ええ。下手《へた》に武士の神さまに拝んだりすると、ますます暴れそうに思えたので、学問の神さまがいいかと」

湯島は天神さまこと菅原道真《すがわらのみちざね》を祀《まつ》っている。

「そりゃあ効いたのかもしれんぞ」

と、夏木は言った。書画骨董には、菅原道真がらみのものも多くある。

「ああ、もう、今日でお刺身断《だ》ちも終わりにします。この海いっぱいのお刺身を食べなくちゃ」

「刺身断ち？　そなた、刺身は好物ではなかったか」

「だから、断ったのでございましょう。ご存知なかったのですか？」

「うむ」

だいたい妻が飯を食うところなど、じっくり見たことさえない。

「では、そなた、わしが倒れたときも、何か願掛けをしたのか？」

「あら。そういえば、お前さまのときはとくに願掛けはしませんでしたね。思いつかなかったのですよ」

と、志乃は面白そうに笑った。

「なんだよ……」

と、夏木は憮然とするが、そんなものだろうという気もする。

「でも、あの子にはさんざん面倒をかけられ難しかったけど、かわいいのはひとしおでした。なぜでしょうね」

「さてな」

とは言ったが、じつは夏木も同じである。洋蔵はほかの兄弟とちがってひどく不器用なのだ。同時に自分の思いに純粋である。だから、調子よく世の中を渡っていく者に比べたら、傷つくことも多いし、失敗もするだろう。その心配が、洋蔵をかわいく思うことにつながるのではないか。

だが、いまになれば不器用なくらいのほうが人として魅力もあるのではないかとも思えてくる。そつのない、すんなり行っただけの人生よりは、自分で振り返ったときも面白いのではないか。

「ああ、これで手がかかる子どももいなくなったし」

と、志乃がいささか捨て鉢な感じで言った。

「孫がいろいろおるだろうよ」

「そうですが、孫には嫁もいますし」

と、志乃は剣呑《けんのん》なことを言う。

「武家の妻というのはつまらないものですね」

志乃は地面に落ちていた貝殻を拾って、えいっと海に投げた。小娘のようなしぐさである。

「おい。そのようなことを言うものでない」

「あなたもほかの女にはともかく、わたくしには冷たいし」

「そんなことはあるまい。これでもずいぶんやさしくしてるつもりだぞ。最近は外でのこともなんでも話をしているし」

「それはそうですが」

不満げだが、涙は止まっている。

「さて、そろそろ帰るぞ」

「はい……」

夏木は駕籠を二つつかまえ、自分は兄貴が来ると言っていた深川熊井町の初秋亭に向かうことにした。


「いつも、ありがとうございます」

と、初秋亭に入って来たのは、ときおり見る酒屋の〈三河屋〉の小僧である。菰《こも》樽《だる》を両手で重そうに抱えている。歳は十《とお》をいくつか出たくらいだろう。小柄だが、酒樽を運ぶのだから、なかなか力はある。

「あれ、そんなもの、頼んでいないぞ」

と、下の階にいた七福仁左衛門が言った。

「藤村さぁん。酒樽、頼んだかい?」

二階に声をかけると、煙管《キセル》を吹かしながら降りてきた藤村が、

「いや、おいらは頼んでねえよ」

と、にべもなく言った。

「あれ、そうですか。おかしいなあ。さっき人が来て……あ、また、いたずらか」

と、小僧は顔を大きくしかめた。

「そんないたずらがあるのかい」と、仁左衛門が訊いた。

「あるんですよ……」

と、説明した。単純な手口で、小僧が配達帰りに歩いていると、道に女の人が出てきて、

「この家の者だけど、あれをいくつかいくつ持ってきて」

と、頼むだけである。頼まれたほうは、まさか家の前の注文だからまちがいはないだろうと、持っていくと、「そんなものは頼んでいない」となる。

「そりゃあタチの悪いいたずらだなあ。三河屋は誰かに恨まれたりしてるのかい?」

「そんなことはないと思うのですが」

「なんなら相談に乗ってやると、主人に伝えておきな」

「そっちのそば屋もたまにやられるそうです。そば屋がやられると、品物が無駄になっちまうから大変みたいです。うちの旦那は酒屋は台なしになることはないからいいと言いますが、運ぶほうの身にもなってもらいたいですよ」

かわいい顔で愚痴《ぐち》をこぼす。

「だったら、買ってやるよ。まったくふざけたやつがいるもんだな」と、仁左衛門が巾着を取り出した。

「ありがとうございます」

小僧は心底、嬉しそうに頭を下げた。

「感心な小僧だな」と、藤村が見送り、

「たいしたもんだ」と、仁左衛門も孫を見るような目をした。

と、そこへ――。

「夏木権之助は来てるかな」

七十くらいの老人が顔を出した。

「いや。まだですが、おっつけ顔を出すでしょうな」と、藤村が答えた。

「待たせてもらうぞ」

と、大股を広げて玄関口に座った。ずいぶん態度の大きな老人である。戦場で軍配でも振れば似合うのかもしれない。

「どちらさまで？」と、仁左衛門が訊いた。

「うむ。まあ、夏木が来ればわかる。そのときでよい」

と、はっきりしたことは言わない。

ほどなく、初秋亭の前に駕籠が止まる声がして、夏木が入って来た。

「やあ、兄貴。早かったですね」

と、夏木が玄関口の老人に言った。

「兄貴？」

藤村と仁左衛門が目を瞠《みは》った。

夏木の実兄だった。顔がまったく似ていないので、気づかなかった。

夏木は黒川家という千八百石の旗本の次男坊で、三千五百石の夏木家に養子に入ったのである。そういえば、藤村や仁左衛門と大川の河口で夏じゅう泳ぎまわっていたころは、黒川という名だった。

「黒川団之丞と申す」

と、老人は名乗った。

「それはそれは」

「失礼いたしました」

仁左衛門につづいて、藤村も頭を下げた。

「わしの七つ上でな」

と、夏木が口をはさんだ。

「いまでこそちっと老けられたが、昔はやたらとカタブツで、恐ろしくてな」

「あっはっは」

「そういえば、わたしが十五、六のころでしたかね、あんまり女子に興味を示すというので、そのふぐりを切り落としてやると屋敷の外まで追いかけられたことがありましたな」

「ああ、あった、あった」

黒川団之丞も覚えていたらしい。

「兄貴。あれは冗談だったんでしょう？」

と、夏木が恐る恐る訊いた。

「いや、本気だった」

「げっ、やっぱりですか」

夏木は顔をしかめ、藤村と仁左衛門に、

「あのときの怖さはいまだに夢に見るくらいだ」と、言った。

「それで、兄貴、相談とは？」

「うむ。人払いを頼む」

と、黒川は藤村と仁左衛門を見て言った。

「兄貴。このよろず相談は三人でやっておるのでして、わたし一人ではどうにもなりませぬ。この二人は口は堅いし、ほかには洩《も》れませぬ。そんなことは気にせず、すべてお話しください」

夏木にそう言われて、黒川は不躾《ぶしつけ》な目でじろりと二人を見たあと、

「そうか。じつはな、催促が来るのだ」

と、語りだした。

「なんの催促ですか？」

「深川の岡場所のギュウが、行ってもいないのに催促に来る。女がまた会いたがっているから来いというのさ。うるさいったらない」

「岡場所のギュウが？」

ギュウとは牛太郎《ぎゅうたろう》とも呼ばれ、吉原や岡場所などで女郎の客引きや金の取立てな

どをする若い衆のことである。

「行ったことがないのにですか？」

と、夏木は首をかしげ、藤村と仁左衛門を見た。

藤村は、それはありえないという意味で首を横に振った。

「本当に？」

と、夏木はしつこく訊いた。

「嘘ではない。深川の岡場所の近くにある飲み屋には入ったことがある。だが、岡場所のほうには上がっておらぬ。だいたい、わしはああいうところの、白粉《おしろい》を壁のように塗りたくったおなごは、好きではないし。どっちかというと、色なんぞもっと黒いくらいのほうが健康そうな色気があって……」

「兄貴の好みはいつかまた聞くとして」

「あ、そうだな」

「何度くらい催促が来たんですか？」

「毎日、来るよ」

「毎日？」

と、夏木は呆れた。それはさぞかし鬱陶《うっとう》しいだろう。

「伜や嫁にもみっともなくて仕方がないのだ」

「きっぱり行ってないと言ってもですかい？」と、つい藤村が口をはさんだ。

「そう。行っていないとは言ったが、わしの恋文や印籠《いんろう》を持っていた……」

夏木たちは思わず顔を見合わせた。

「兄貴の？」

「そうなんだ。恋文には、お染《そめ》にぞっこん、好き好きなどと、たわけたことが書いてあった。わしの字によう似ていた」

「ううむ。印籠は？」と、夏木が訊いた。

「それは、さっきの深川の飲み屋で失くしたものだった。失くしたのだから、わしの知ったことではない」

黒川はそう言って、すました顔をしている。

「権之助。なんとか始末してくれ。さっき洋蔵に過分にあげた餞別には、これの礼金も入っているのだから」

と、とぼけたことも言う。

黒川の言い分だけではまるでわからない。向こうには向こうの言い分もあるのだろう。

二

「まずは、その催促に来るというギュウに訊いてみましょう」

と、いうことになった。牛太郎は、深川の櫓下《やぐらした》と呼ばれる一画にある〈上村屋《うえむら》〉という店から来ている。名前は源吉《げんきち》というらしい。三人でぞろぞろ行くほどでもないので、仁左衛門は帰し、夏木と藤村と二人で、黒川といっしょにそいつを店に訪ねた。

まだ、昼前だから、この手の店は静まり返っている。酒と白粉が混じり合った匂いがかすかにした。

「源吉ってのはいるかい？」

と、裏にまわって、台所の下働きをしているらしい中年の女に訊いた。

「源吉さぁん」

呼ばれて、一階の奥から出てきた。眠そうではない。もうだいぶ前に起きて、一働きした顔である。強面《こわもて》でもなく、やくざのようでもない。源吉は、まず黒川を見、夏木と藤村を見て、怪訝そうな顔をした。

「わしらは付き添いみたいなものだ」と、夏木が言った。

「ああ」

牛太郎の源吉はうなずき、

「今日もうかがうところでした。ここじゃなんなので、外で話しましょう」

と、雪駄をつっかけて外に出てきた。

「どうです、黒川さま。この店に覚えは？」

源吉が黒川に訊いた。

「ううむ……」

黒川は岡場所の路地に立ち、振り返ってその上村屋を眺めたが、思い出すものはないらしい。

「まあ、こういうところは、昼と夜では顔ががらりとちがいますからね」

源吉は笑いながら言った。目が大きく、空のほうを見て話す癖がある。岡場所の牛太郎をしているより、大名屋敷の門番あたりが似合いそうである。立っていれば、さぞ通りがかりの者に気軽に道を訊かれたりもするだろう。

「じゃあ、ここで」

通りに出たところの水茶屋に腰をかけた。

「付き添いの方に来られても、話は同じなんですよ。ご隠居さまが、先月に二度ほどうちに来られて、お染という女といい仲になられた」

「勘定は？」と、夏木が訊いた。

「ええ。ちゃんといただきました」

「その催促ではないのか？」

「ちがいますよ。金なんざ催促してませんよね、黒川さま？」

「うむ、まあな」

「そのとき、黒川さまが、お染をすっかり気に入ったらしく、落籍《らくせき》してもよいとまでおっしゃってくれたらしいんです」

「わしは、そのようなことは言っては……」

と、黒川は自信なげな声を出した。

ふと、藤村が気になった。

「ちょっと待ってくださいよ。黒川さまは、そもそもあの女郎屋にも行ったことはないんでしょう？」

黒川はぼんやりした顔でうなずいた。

「行ったのですか、兄貴？」

「行ってないと思うのだが、そっちの飲み屋には行ったのだ。ただ、近頃、飲むと記憶をなくすこともたまにあるのでな」

黒川がそう言って頭を掻《か》くと、源吉が、「ほらね」というように、にやりと笑った。

話の雲行きがいささか怪しくなっている。

「お染がかわいそうに、毎晩、泣いてますぜ。黒川のご隠居が恋しいって」

と、源吉が言い、

「金で解決はつくのか？」

夏木が怒ったように訊いた。

「金で？」

「結局はそうしたいのだろう？」

「誤解ですねえ。金をもらいに行ってるんじゃありませんぜ。そりゃあ、お染だって、落籍してもらえるなどとほかの客にも言ったりしてるので、このところ客は減ってるかもしれません。だが、それはてめえの責任です。あっしの催促は、とにかく黒川さまがお約束したように、せめて三日に一度くらいは来ていただきたいというだけです」

「ふうむ」

とりあえずはそうでも、ここからどんどん大金をむしり取ろうという魂胆かもしれない。

「もしかしたら、黒川さまはちっとお疲れなのかもしれません。付き添いの方といっしょにもうすこし相談してみてください。あっしはほかにも仕事がありまして」

と、立ち上がり、

「ここの払いは？」

源吉は訊いた。

「ああ、よい。わしが出しておく」

と、夏木が答えた。

「だから、お染と直接、会ってみれば、思い出してもらえると思うんですがねえ」

源吉はそう言って、岡場所への路地に消えて行った。

「兄貴」

「うむ」

と、黒川は疲れた顔をしている。

「わたしは咎《とが》めたりはいたしませぬぞ」

「そうなのか？」

「ええ。兄貴はもう隠居ですし、お互い老い先はそう長くないのですから、別段、楽しめばよろしいではないですか」

言外に嘘は言わなくていいからという意味もこめたつもりである。

「ううむ。わしは疲れた。今日はこれで家に帰る」

黒川は立ち上がり、首筋あたりを軽く叩きながら、永代橋のほうへ歩きだした。

その後ろ姿を見送った夏木と藤村は首をかしげた。

「藤村、わからなくなってきたな」

「おいらは五分五分と見た」

と、藤村は笑いながら言った。

この日の夕方である——。
藤村は一人で初秋亭の近くのそば屋に入った。昨日は自分で飯を炊《た》いて食ったが、二日つづけてはやる気がしない。今日はたいして食欲もないので、かんたんにそばでもかっこんで夕飯がわりにするつもりだった。

　このところ凝っているわかめをいっぱい入れたわかめそばを頼み、たぐりはじめたところに、

「なんだ、父上じゃないですか」

　と、倅の藤村康四郎が入ってきた。康四郎は本所深川回り同心の見習いをしていて、初秋亭の隣りが熊井町の番屋になっているため、ここらはしょっちゅう通っている。そば屋でばったり会っても、まるで珍しくはない。

　康四郎は、下っ引きの長助《ちょうすけ》といっしょに離れたところに座ったが、一人だけこっちにやって来て、

「父上……」

　と、非難がましい目で見た。

「なんだよ」

　かな女のことがあるから、やはり気まずい。

「このところはずっとこっちに泊まりっぱなしじゃないですか」

「だって、飯をつくってくれるわけでもあるめえし、どうせ、あの家はおめえのものだ。好きに使ってくれよ」

「そうはいきませぬよ。昨日も近所の人に、最近、父上や母上を見ませんがなどと言われたし」

康四郎は、父親の慎三郎より固いところがある。まだ、十四、五のころ、藤村がへべれけに酔って帰ってきたとき、「ご近所に対してみっともないですよ」と言われたことがある。女房に言われるならまだしも、倅に言われたのには、僧侶に叱られるような粛然とした気分にさせられたものである。

「母上は離縁するつもりなのでしょうか？」

と、康四郎が声を低めて訊いた。

「さあて、なあ」

藤村はそう言ってそばをたぐった。

女からの離縁もなくはない。藤村の同僚がそれをされたことがある。一時期、奉行所でずいぶんと話題になった。当人はひどく肩身の狭い思いをしたようだが、藤村はもしも自分がそうなったら、逆に笑いの種にするのにと思っていた。なまじ隠そうとしたり、くよくよしたりするから、噂されるのだ。

「別においらはかまわねえよ」

「それは……わたしがみっともないですよ」

「馬鹿。みっともねえだのつまらねえことを気にするな」

藤村がそう言うと、康四郎は軽蔑したようにこっちを見た。やはり、この倅は頭が固すぎるのではないか。

だが、こういうやつこそ、奉行所にはぴったりなのかもしれない。藤村は三十五年、奉行所にいたが、始終、息苦しい思いをしていたものである。

「まあ、どうするつもりにせよ、居どころくらいは知っておかねえとな。おめえ、知ってんだろ?」

「知りませんよ。何日か前、母上の香道の弟子に会ったので訊いてみたら、居場所は知らないと言ってました。でも、教授はしているらしいから、今度、会いに行ってみてくださいよ」

「馬鹿。おめえが行けよ」

「どうしてですか?」

「加代はおめえがふわふわ遊び歩いているから愛想がつきたのだ。女てえのは、亭主よりも倅に落胆するほうが絶望の度合いは大きいのさ」

「勝手な理屈だなあ」

と、憤慨した。

「どうせ、香道の弟子の誰かのところに転がり込んだのさ。そのうち居づらくなって、おん出されてくるに決まってるよ」

藤村はそう言って、先にそば屋を出た。

三

「あ、会ってみる気になりましたかい？」

と、牛太郎の源吉が喜んで、手をぱしっと叩いた。

「じゃあ、いまはまだ化粧が中途半端ですから、店が開いたらいらっしゃってください」

「いや、待て待て」

と、仁左衛門が言った。今日は、夏木と藤村だけでなく仁左衛門も連れてきた。面倒な交渉ごとになれば、やはり仁左衛門に頼んだほうがいい。

黒川団之丞は、この路地には入ってこないで、八幡さまに向かう通りの水茶屋で待っている。

「あんなウブな隠居が、岡場所なんぞに行ってしまったら、あんたたちの言いなりになってしまいそうだ。外で会わせられねえかい？」

と、仁左衛門が肩を源吉につけ、横に並ぶようにして訊いた。

「外で？」

「ああ。黒川さまも向こうでお待ちだ」

「しょうがねえなあ。けっこうです。お染を行かせますよ」

と、源吉は眉を寄せ、だが、一瞬にやりとして言った。

「このあいだの水茶屋でかまいませんか。ええ、会ってみて、ほんとうに黒川さまに覚えがないか、確かめてみてくださいよ。どうしてもないというなら、仕方がねえ。あっしのほうでも諦めるよう、お染を説得してみますから」

「わかった。では、このあいだの水茶屋で待っているぞ」

と、夏木も了承した。

水茶屋に大の男が四人も雁首《がんくび》を並べ、女郎一人を問い詰めるというのも格好が悪い――そう夏木が言うので、黒川がお染と話し、夏木たちは隣りの水茶屋ですこし離れたところから、成り行きを見守ることにした。

お染という女郎は、四半刻ほどして、源吉といっしょに路地を出てきた。

水茶屋のところに来ると、源吉はお染に何か言い、そのまま引き返して行った。

「黒川さま。ご隠居さま」

と、お染は団之丞のところに嬉しそうに駆け寄った。

まだ、若い。夏木たちはみな、呆然とお染の顔を見た。どうせかなり歳のいった年増女郎だろうと思い込んでいた。せいぜい二十代も半ば。初々《ういうい》しさすら感じられるではないか。

白粉も歩くとこぼれるほどに塗る一般的な女郎の化粧とは違う。うっすら地肌が透けるくらいで、むしろ武家の奥方あたりのほうがよほど白粉を塗りたくっている。

黒川も驚いたらしい。

ぼうっとした顔でお染を前に座らせ、一言二言なにか訊いた。

お染は照れた顔でうなずくと、黒川の顔にすぐ笑みが現われた。

そこからは何を話しているのか、よく聞こえない。こっちも話はどうなったと訊きに行きたいが、それがしにくい。二人の話がかなり親密そうになっているからだ。

「おい、やっぱり黒川さんは行ったことがあったんじゃねえのか？」

と、藤村が小声で言った。

「そうだよ。酔って忘れただけで、あの店には行ったんだよ」

仁左衛門もそう思ったらしい。

しばらくして――。

「じゃ、ご隠居さま。今度は絶対ですよ」

と言って、お染が立ち上がった。

「おう、忘れるもんか。明日の夜、必ず行くよ」

黒川も立ち上がり、だらしない笑みを浮かべて手を振った。

「兄貴」

と、夏木が近づき、藤村と仁左衛門はそのあとにつづいた。

「思い出したのですか？　あの店には行ったんですか？」

「行ったのだろうな。おそらく」

と、黒川は頼りない返事をした。

「おそらくですか？」

「だが、まあ、それはよい」

「よくはないでしょう」と、夏木が咎《とが》めるように言った。

「いや、たぶん行ったんだな。酔いすぎて忘れてしまったんだ。だが、いくつかあの夜のことを教えられるうち、たしかに行ったような気がしてきた」

「そんないい加減なことでは困りますよ。これがもし、借金うんぬんの話だったらどうするんですか？」

夏木がそう言うと、黒川は急に形相を変え、

「なんだ、権之助。そのほう、わしが長兄であることを忘れたのか」

と、怒鳴った。

周囲にいた者が思わず振り向いたほどである。

「いや、忘れてなどおりませぬ」

夏木はお湯をかけられた菜《な》のように、いきなりしゅんとなった。子どものころの、ふぐりを切り落とすと言われて追いかけられたときの恐怖が甦《よみがえ》ったようでもある。

「だったら、四の五の言うな」

「はい」

「わしはお染が気に入った。これからはできるだけまめに通《かよ》ってやることにした。お染も落籍されておうちの方々に気を使うよりは、それがいちばん嬉しいと言うのでな」

そう言って、黒川は帰ろうとする。

「黒川さま、ひとつだけ、うかがわせてください」

と、藤村がやっとのことで黒川を呼び止めた。

「なんじゃ？」

「いったい、あのお染さんは黒川さまのどういうところが好きになったんでしょうか？」

藤村が訊ねると、黒川はだらしなく相好を崩し、

「いや、なに、わしの顔や話し方が、お染を小さいときにかわいがった爺さまによく似ていたんだと」

嬉しそうにそう言ったのである。


「加代さん。ほら、活《い》きのいい鯛のお刺身」

襖を開け、夏木志乃はきれいな皿に載った鯛の刺身を、二人の膳の前に置いた。

「ほんとにおいしそう。でも、志乃さま。こんなに毎日、お刺身を召し上がるなんて、よっぽど好きなのですね」

「ちがうの。ずっとお刺身断ちしてたから」

と、そのわけを語った。刺身を解禁して以来、我慢してきた好物を毎日、食べつづけているのだ。

「まあ、そうだったのですか」

二人は向かい合って、夕食をとりはじめた。夏木は今宵は海の牙に寄って来るので、夕食に付き合う必要はない。

「康四郎さんはうちのとちがって、素直に育ったのでしょうね？」

と、志乃が刺身を飲み込んでから訊いた。

「素直なのかどうか、あの子は藤村とちがって、おっとりしたところがありましたから、暴れたりということはなかったですね。でも、そういうのに限って、大人《おとな》になると厄介ごとを引き起こすのかもしれませんよ」

「そうなの」

「ええ。夏木さまもいっしょに習っている入江かな女という俳諧の師匠がいらっしゃるでしょう」

「ああ、はい。夏木が倒れたとき、ここに一度、見舞いに」

と、志乃はまるで加代がかな女であるように目を逸《そ》らしながら言った。

「その師匠と、康四郎がなんだかいい仲になったというんです」

「まあ」

志乃は目を瞠《みは》った。

「それどころじゃないのです。藤村もその師匠に熱をあげたようなのです」

「それ、本当なの？」

「はい」

「それで家を？」

「……………」

加代はいったん箸を置き、うなずいた。志乃が泣くのかとはらはらしたが、加代は涙もろくはないらしい。落ち着いた顔で、いろいろ振り返って考えているらしい。

いままで志乃に家を出たわけを告げなかったし、志乃も訊こうとはしなかった。

ここに来て十日ほどになる。家を出てしばらくのあいだは、香道のお弟子の家を一、二泊ずつ渡り歩いた。どこも商家か長屋の一人暮らしで、夏木家のような大身の旗本の家に厄介になろうとは夢にも思わなかった。

ところが、加代の事情を伝え聞いた志乃が、ぜひ、うちに隠れていなさいと勧《すす》めてくれたのである。

以来、この広い夏木家の西のはずれにある部屋に起居させてもらっている。もちろん、夏木権之助はそんなことはまったく知らない。

「そうだったのね。あのかな女ってお人、やはり曲者《くせもの》ね。わたくしが睨《にら》んだとおりでした。見舞いに来たときは、夏木が惚れた女かなと思ったのですが、藤村さんのほうだったのかしら」

「曲者でしょうか？」

「なんか、そんな感じ」

志乃はあのとき感じた、自分でも意外に思うくらいの敵意の理由が、やっとわかったような気がした。

「志乃さま。こちらにお邪魔しているのが、そろそろ心苦しくなってきました」

「加代さん。そんなことないって言ってるでしょ。むしろ、わたくしがいてくれるようにお願いしたのですから。直接、指導してもらえるおかげで香道のほうも、ずいぶん上達したつもり」

と、志乃は笑った。

「夏木さまに見つかるのでは？」

「夏木が見つけるわけがありませんよ。あの人は、この家の中で入ったことがあるのはせいぜい四、五部屋といったところです。ちょっと歩いたら、すぐに家の中で迷子になってしまいます」

「まあ、面白い。でも、そこがいかにも夏木さまらしい鷹揚さを感じます」

「でも、加代さん、あなた思わない？　男たちだけが、あんな隠れ家なんかつくってるけど、わたくしたちも、そういうのはあったほうがいいと思うの。そこで、ときおり集まって愚痴を言い合ったり、いざというときは助け合ったりしたほうが、豊かな老後が送れるというものではありませんか」

「まあ、志乃さま。それって素晴らしい」

「でしょ。あの人たちの隠れ家に対抗して、うちでも下屋敷とまではいきませぬが、別なところに隠居家をつくってもいいんです。それを夏木には黙っていて、女たちの隠れ家にしたっていいんですから」

と、志乃は思いついた考えに酔ったように、頬を染めてそう言った。

四

海辺新田にある松平阿波守《まつだいらあわのかみ》の下屋敷は、広大な景色を抱きかかえるようなたたずまいだった。この下屋敷の中が、今日の句会の会場だった。屋敷の用人が、新しくかな女の弟子になったので、とくにここを開放してくれたらしい。

「こりゃ、素晴らしいや」

と、仁左衛門が感激の声をあげた。

「たしかに」

藤村もそれは納得である。

一度、休んでいたので、藤村にはひさしぶりの句会である。一度はやめようかと思ったときもあったが、夏木と仁左衛門に説得された。

だが、こうして出席すると、句会に参加するようなことは自分の老後にとっても必要なことだと思うのである。友人たちと競い合い、こうした景色の中を歩きまわるような楽しみを失うとしたら、日々の暮らしもあじけないものになっていくにちがいない。

――かな女に対する恥ずかしい思いだって、そのうち想い出みたいなものに変わっていくかもしれない……。

藤村は自分に言い聞かすようにそう思った。

それにしても、康四郎はさすがに若い。失恋の痛手など、たちまち癒《い》えてしまうらしい。

どうやら、新しい女ができたらしいのだ。ゆうべ、家で寝ていたら、康四郎が長助とふざけ合っている声が聞こえてきた。おやじが珍しく家に帰って、奥に寝ていたのに気がつかなかったらしい。

「あの子、康さんにぞっこんですよ」

と、長助が甲高い、興奮した声で言った。

「いや、おいらだって気に入ったよ」

康四郎の声はいくらか呂律がおかしい。

「まいったなあ。康さん、立ち直るのが早すぎるよ」

「だって、長助、ふられたものをぐずぐずいつまでも思ってたってしょうがねえだろうよ」

「そら、まあ、そうなんだけど。人によっては一年くらい、女の顔を見るのもやだってやつだっているんだから」

「へえ、そうなのかい。おいらは、おやじに似て女好きなのかね」

と、康四郎がへらへら笑いながら言った。

立って行って、怒鳴りつけようかと思ったが、我慢して寝た。

そのことをさきほど夏木と仁左衛門に言うと、

「おやじに似てはよかったな」

と、夏木は大笑いをした。

「でも、こじれなくてよかったよ。若い人の失恋は、長い目では勉強になっても、がっくりきちゃうやつもいるからね」

仁左衛門などは若いころはおそらくそっちのほうだったような気もする。

この下屋敷の先は、海まで葦《よし》の茂る湿地帯が広がっているので、波打ち際まではかなり距離がある。だが、海辺だったころの名残りが、複雑なかたちをした汐入池《しおいり》に残っている。その周囲には、松林や竹林が仲間で群れをつくるように棲《す》み分けがなされている。その竹や松も新緑が美しい。

「発句を始めたのはちょうど一年前のいまごろじゃなかったかね？」

と、夏木がゆっくり歩きながら訊いた。

「おう、そうだよ。あの大川の柳の新緑を詠《よ》んだのが、おいらの最初の句だったんだ」

と、藤村は答えた。

それはよく覚えている。

柳の木獄門島から眺めをり

と、詠んだのを、かな女に、

青やなぎ彼岸の人も眺めをり

と、直されたのだった。獄門島などという言葉を入れたのは、いま思うと顔から火が出るようである。だが、一年やってきて、当時を笑えるほどうまくなったかどうかは自信がない。

「上達したのかねえ、おいらは？」

「あっしは自信を持って上達したと言えるな」

「そりゃあ仁左は、ふんどしを流すような句はつくらなくなったから、うまくなったんだろうな」

と言って、夏木は笑った。なにせ、仁左衛門の一句目だか二句目の句は、

大川にふんどし流す馬鹿なわし

というものだった。

「まだ、それを言うかい」

「夏木さんは確実にうまくなった」

と、藤村が言った。けっして世辞ではなく、そう思うのである。

「そうかな」

「おいらは駄目だ。ちっともうまくならねえ」

「焦るのはやめようや。まだまだやるのだからな」

「そうだよ、藤村さん。金はかからねえし、つくったものをまとめておいて、あとで眺めたりすると、いい想い出にもなってるんだ」

「わかってるよ」

藤村はうなずき、句作のために二人から離れた。

句帳を手にゆっくり歩く。とっかかりになる言葉を探すが、なかなか見つからない。池をまわると、かな女とすれちがった。たしかいっしょにいたのは、この下屋敷の用人で、田川《たがわ》とかいったはずである。かな女の言葉に感銘したように、何度もうなずいていた。

すれちがったとき、かな女はすました顔で挨拶してくれた。だが、そのすました顔は逆に胸が痛い。むしろ、気まずそうにしてくれたほうが、藤村の気持ちも納まりがいいような気がする。

句はなかなかできない。

池の縁に座りごこちのよさそうな石があり、腰をかけた。

——そういえば、なんか変だよな。

と、藤村は別のことを思った。黒川団之丞のことである。

ご老体がまたお染のもとに通うということで、一件落着となったのだが、あれはなにかうまくいきすぎた感じがする。

いちばんおやと思ったのは、あの牛太郎が、お染と外で会ってもかまわないと譲ったあたりだった。牛太郎なら、あそこでなんとかお染の店に連れて行き、いろいろ証拠を突きつけて、白状させようとするのではないか？

だが、外の水茶屋でもいいと妥協した。

まるで、絶対、気に入るから、一目だけでも会ってみてくれと、そう言っているみたいに。

お染というのは実際、魅力がある女だった。小づくりの顔にはまだ若さもあり、あんな商売のわりには潑溂《はつらつ》とした表情も見え隠れした。すこしぼんやりしてきた爺さんが外で面と向かって会い、ちょっと顔なじみにでもなれば、

「じゃあ、行ってみようかい」

と思うのではないか。

つまり、源吉の催促というのは、お染をちょっとぼんやりしてきた爺さんと会わせるためのひっかけだったのではないか……。

――やられたなあ。

老体が若い夢見る木の芽どき

と、ひどい句が浮かんだ。

夏木が池の向こうからやって来た。さらにあとからは凄い勢いで筆を動かしながら、仁左衛門もやって来る。

藤村は二人が来るのを待ち、

「わかったぜ」

と、声をかけた。

「わかったって、発句の極意かい?」

と、仁左衛門が笑った。

「ちがう。黒川さまの件さ」

「ああ、あれはもういいよ。藤村」

　と、夏木が手を払うようにした。

「なんでだい？」

「兄貴はすっかり生き生きして、お染のところに通ってるんだ。足元がよろよろしてたのが、なんだかしゃんとして、昨日なんざお染にあげるかんざしを買うのに、日本橋界隈を一日じゅう歩きまわったらしい」

「へえ。そりゃあ、あっしだって疲れるよ」と、仁左衛門も呆れた。

「だが、ご当人は幸せなんだろうな」と、藤村はほくそ笑んだ。

「だから、あのままうっちゃっておくさ。なあに、兄貴のところは石高よりも内証はずっと豊かだ。あんな女に入れあげるくらいじゃ家は揺るがないし、跡継ぎもやらしておいていいと言ってるんだ」

「いや、おいらもやめさせようというんじゃねえんだ。ただ、うまい商売を考えたもんだと思ってさ」

　と、藤村はさっきの推測を語った。

「じゃあ、もともと兄貴は行ったことなんかないのか」

　と、夏木がしまったという顔をした。

「そうさ。おそらく、あの印籠を失くした飲み屋ってえのはぐるだろうな」

「うまくひっかけるもんだね」

と、仁左衛門が感心し、

「まあ、狙いは黒川さまのように、生真面目に生きてきた武士の隠居あたりだろうね。遊びなれた夏木さんみたいな隠居はまずひっかからねえ」と、言った。

「うむ。それで兄貴のようにちっと呆《ぼ》けてきていたら、百発百中だろうな」

と、夏木も仁左衛門の意見に納得したらしい。

「賢い野郎がいたもんだぜ」

と、藤村は苦笑いするしかない。

「罪にはならないのかい？」と、仁左衛門が訊いた。

「そら、無理やりしようと思えばできるだろうさ。いちおう、騙《だま》してるんだから。だが、ここからよっぽどひどく巻き上げたりしなければ、訴える者はいねえだろうな」

「訴えたりしたら、兄貴は怒ってしまうぞ」と、夏木は笑った。

「ま、向こうもそこらは承知してるから、いっきに巻き上げるなんてことはせず、なじみの客としてだらだら吸い上げるさ」と、藤村は言った。

「考えたのは誰なんだろうね？」

「お染か、牛太郎か、どっちかだろう、藤村？」

「いままで聞いたことのねえやり口だから、あの二人のうちどっちかなのかねえ？」

藤村は考えてみたが、わかりそうにもなかった。


この疑問の答えが出たのは、句会からの帰り道だった。

大島川沿いに歩いてきて、巽《たつみ》橋を渡り、漁師町である相川《あいかわ》町の通りに差しかかったときである。ちょうど、三河屋の小僧が菰樽を買ってもらったところだった。

通りに出てきて、にやりと笑ったその顔が、藤村には気になった。無邪気な小僧の笑顔ではない。してやったりという、生臭い喜びの顔である。

「あの小僧だけど……」

と、藤村は顎で前方を示した。

「ああ、この前の小僧だろ」

「あいつ、もしかしてわざとまちがえてるんじゃねえか」

「わざと？」

「そう。いたずらに騙され、重くてひいひい言っているふりをして、同情を買う」

「そりゃあ、つい買っちまうやつもいるさ」

藤村と仁左衛門のやりとりを耳にした夏木は、

「あの小僧を懲《こ》らしめるとでもいうのか。それはかわいそうだろう。わしはたいした知恵だと感心するがな」

と、小僧をかばった。

「いや、夏木さん。おいらも同じだよ。あいつを締め上げるわけじゃねえ。ただ、牛太郎の源吉と、あの小僧の商売は手口がいっしょだと思うんだよ」

「あっ、ほんとだ」

と、仁左衛門が声をあげた。「嘘で客の気持ちを引き、本物で金にする。まるっきりいっしょだね」

「だろう?」

と、藤村は自慢げに胸を張った。

「牛太郎の源吉はあの小僧の真似をしたのか……」

と、仁左衛門が言うと、

「それはどうかね。案外、逆かもしれねえよ。小僧が牛太郎の真似をした?」

夏木が笑いながら言った。

「おい、小僧さん。ちっと訊きたいことがあるんだがね」

藤村は近づいて行って訊いた。

「なんでしょうか？」

「そっちの岡場所に、源吉という牛太郎がいるんだけど、もしかして、小僧さんは知り合いじゃないよな？」

「兄貴ですけど」

悪びれることもなく、そう答えた。

「え」

藤村は思わず後ろを振り返って、夏木と仁左衛門と顔を見合わせた。

「兄貴だってさ」

「ええ。おいらの兄貴です。また、何かろくでもないことをしたんでしょうか。すぐに仕事を替わってばかりいるので、このあいだはおいらのほうからいろんな商いの極意を教えてやったのですが」

と、心配げな顔をした。どうやら、その商いの極意の中に、

「一つ。最初に嘘を言ってでも、買わせたいものと対面させること」

とでもいったような教えがあったにちがいない。

「いやいや、源吉はよくやってるよ。そうかい、小僧さんの兄貴だったかい」

「はい。ふつつかな兄貴ですが、よろしくお願いします」

小僧は深々と頭を下げた。小さいながらも堂々たる商人ぶりで、自分の店を持つ日もそう遠くはないだろう。

「あっはっは。まいったなあ。いい話なのか、世も末なのか、よくわからねえなあ」

「いい話なんだよ、いい話」

「そうそう。たくましいのはいいことだぞ」

三人は初秋亭までの道を、大笑いしながら歩いて行った。

第三話　意地の袋

一

「ちょいと、ごめんなさいよ」

と、門戸を開けたその姿が、素人《しろうと》のそれではない。絵になっている。歌麿の美人画が動いている。

見られていることを意識しつづけてきた姿である。着物は緑色の地の裾に蝶々が数匹描かれているが、それが足元でひらひらと舞っているようにも見える。華やかさが、端々《はしばし》からこぼれ出ているといった感じなのだ。

「あれ、たしか、あんたは……」

と、下の部屋にいた仁左衛門が思わず目を見開いた。

「お座敷でお会いしましたかしら？」

すこし甘えたような口調がまた艶っぽい。

「あっ、辰巳《たつみ》芸者の……」

「佐助《さすけ》です」

深川が江戸の中心から見ると、辰巳（東南）の方角にあったため、深川の芸者を「辰巳」と呼んだりもした。その深川芸者は、男の名をつけ、男っぽい言葉遣いをし、黒の羽織を着て、お俠《きゃん》と呼ばれた気風《きっぷ》のよさを売り物にした。

「はいはい。深川きっての売れっ子芸者だ。あっしなんざ仲間との会合でいっぺんだけ、ご尊顔を拝ませてもらったきりですよ。佐助姐《ねえ》さんを呼べるほどの遊びは滅多にできないから」

「よく言われるんですが、そんな心配するほどべらぼうなお勘定でもないんですけどね」

と、佐助はお座敷のときよりは格段に薄い化粧で、仔猫がのびをするときのようなかわいげのある笑みを浮かべた。それが自然な笑みなのか、つくられた計算どおりの笑みなのかはわからない。

「誰か来たかい？」

と、二階から問う声がした。二階には藤村も夏木もいる。

「まあ。どうぞ、上がってくださいな」

仁左衛門が佐助を二階に案内した。

「まあ、いい景色」

二階に上がってすぐ佐助は窓の外を見やった。

今日はどんよりと雲がかかっているが、曇りなら曇りで大胆な墨絵のような、雄《ゆう》渾《こん》な景色にしてくれる。といって、どこかに人臭いなじみ深さもある。それがこの初秋亭からの景色の特徴でもある。

藤村と夏木は、突如、出現した美女に唖然としている。

「夏木さまはご存知ないかい？　深川芸者の佐助さんだよ？」

「ああ。わしは呼んだことはなかった。なにせ、高嶺の花の売れっ子だもの」

「藤村さんは？」

「とんでもねえ。佐助姐さんの端唄《はうた》を一曲だけ聞いて、家族がひと月、晩飯抜きだ」

二人の言い分に佐助は、

「おっほっほ」

と、機嫌よく笑った。

「でも、深川一の売れっ子は、木場《きば》の大旦那に口説かれて落ちたって、ずいぶん騒いでるじゃねえですか？」と、藤村が訊いた。

佐助の落籍《らくせき》は評判になり、何枚も瓦版が出たほどだった。藤村は倅の康四郎がその瓦版を読みながら、下の通りを呆《ほう》けたような面《つら》で歩いていくのも見かけている。名妓が深川を去るというので、本当か嘘か知らないが、別れを惜しむ宴が三日三晩つづいたという。

ただ、名妓だったのはたしかである。喉が素晴らしく、その美声にうっとりしてしまうほどだった。三味線も独特の哀調を漂わせたし、踊りのうまさときたら、歌舞伎役者もその踊りを見るために、深川に来ては佐助を呼んだという。

「お相手は、たしか三原屋《みはらや》角兵衛《かくべえ》だったな」と、夏木が言った。

「へっ、あんなやつ……」

佐助が吐き捨てるように言った。落籍されたのはついこのあいだではなかったか。それにしては、憎しみがこもっている。

「三原屋はたいしたもんだぜ」と、藤村は言った。

自前の大きな堀を持ち、いつも材木がいっぱい浮かんでいる。それもとびきり太いひのきがほとんどだという。

何代か前は網元をしていて、自分の船で全国から材木を買い集めては巨利を得た。当代の角兵衛も商いはうまいと評判である。

そんな木場の大旦那と、相手はいくら大年増の二十七とはいっても指折りの人気者である深川芸者。人も羨む組み合わせだと言われた。

「それがとんだお笑い草ですよ」

と、佐助は自嘲するように笑った。

「何か、ありましたかい？」

仁左衛門が茶を勧めながら、佐助をうながした。

「ああ、おおありだよ」

「へえ。三原屋の旦那はベタ惚れだって聞きましたよ」

「そりゃあもう、しつこく言われたんでさあ。あんたが来てくれないと、あたしは駄目になるだのなんだのって。むしろ、最初は嫌だったんです。あの旦那は、妙にいい男でございましょ？」

仁左衛門と藤村は三原屋の顔を知っていて、うなずいた。

三原屋は、歳のころは五十前後。初秋亭の男たちよりはいくぶん若い。だが、目鼻立ちがはっきりした、団十郎ばりのいい男だった。声がまた渋くて張りがあり、一声かけられただけでも、女は腰のあたりが「なんか、こう、大きないそぎんちゃくにでもからみつかれたみたい」な心地がするという。

「ああいう男は、女を舐《な》めている。あたしは落籍されるなら、もっと実《じつ》のある、女を裏切らない男がいいと思っていたんです。ところが、あまりにもしつこく懇願されましてね、ほだされたんです。そこまで言ってくれるならと。しかも、いろいろ評判を聞くと、どこか並の男とはちがう凄みのようなものはあるが、不誠実なわけではない。むしろ一途《いちず》なところがあると聞きましてね。それなら、あたしも若くはないし、いっそ妾《めかけ》にでもしてもらおうかと……」

佐助は妾という言葉を一字ずつ区切るように、前世からの怨みでもこめるように言った。

「それで、なったのがつい十日ほど前のことだったよね」

と、仁左衛門が先をうながした。

「ええ。ところが、笑わせてくれるじゃありませんか。たった一晩ですよ。たった一晩でお払い箱になっちまった」

「そうだったかい」

仁左衛門は大きくうなずいたが、それはすこし芝居じみている。初めて聞いたように偽《いつわ》ったからである。

「妾なのに鉄漿《おはぐろ》まで染めて。染めてくれと言ったからだよ。あげくはこのざまだ。

馬鹿馬鹿しいったらありませんよ」

鉄漿も一回塗ったきりで、そのあと一生懸命落としたのだろうが、まだ黒さは残っている。

「たった一晩かい？　そいつはひどいなあ」

と、藤村も合わせたが、じつは、落籍につづいてそのことも深川界隈では噂になっていた。

昨日だったかも、隣りの番屋に来ていた北町奉行所の後輩で、本所深川回り同心の菅田《すげた》万之助《まんのすけ》と話題にしたものである。

「どういうこと？」と、藤村が訊くと、

「小便組でしょ」と、菅田は軽く言った。

小便組というのは一時期、江戸で流行した詐欺《さぎ》である。川柳にも、

小便をして逃げるのは妾と蝉

というのがある。菅田は佐助もそれだろうと推測したのだ。

そのときは藤村も、そうかもしれないとは思ったのだが、いまははっきりちがう

とわかる。というのも、小便組は自分でわざと解雇されるのだ。

支度金をもらって妾に入るが、夜中にわざと寝小便をする。「これは子どものころからの病で、どんな治療をしても治らない」と言う。寝小便たれの妾じゃたまらない。汚いわ、家じゅう臭いわで、病気にもなるだろう。旦那は支度金はあきらめて解雇してしまう。だが、このお妾、次の旦那を見つけては、支度金をもらって寝小便……を繰り返すのである。

もし、佐助が小便組なら、その噂の本人がここに来ていることになる。

ということは、小便組ではないからなのだ。小便組だったら大喜びで、いつまでも深川界隈にはいない。こんなふうに、文句ありげに三原屋の悪口を言ったりはしない。お払い箱にしてくれてありがとう、てなものである。

「三原屋の旦那にはたいそうな恥をかかされましたよ」

そう言って、佐助は窓の外を見た。

その晩からは十日経っている。最初に佐助の心をいっぱいにしたのは、怒りだったのか、悲しみだったのか、それともただひたすら驚きだったのかはわからない。あいだを置いたいまは、ふつふつと屈辱の怒りがわきあがってくるといったようすに見える。

「そりゃあそうだろうさ」と、仁左衛門がうなずき、

「それで、その理由がいまでもわからないのだな？」と、夏木が訊いた。

「わからないんですよ」

「それが知りたいと？」と、藤村が訊いた。

「そりゃあ、そうですよ。わけを言わねえなら、置屋《おきや》や検番《けんばん》の若い衆が、殴り込みをかけてもいいと息巻いてましてね。その噂が伝わったらしく、今度は三原屋のほうも用心棒を雇ったそうです」

「一触即発かい。そりゃあ、いけねえなあ」

と、仁左衛門が興味を隠しながら、勿体《もったい》ぶった顔で言った。

「誰かが、熊井町に元八丁堀の旦那たちがよろず相談をしていて、いろんな揉《も》め事を解決してくれてると言いだしましてね。そりゃあ、もう、見事なもんだと。あたしも騒ぎを起こしたいわけじゃないんですよ。だったら、ちょっと相談してみるよというわけでして」

「三原屋から解雇したわけを訊き出せと？」

「ええ」

藤村たち三人は顔を見合わせるとすぐにうなずき、

「そいつは光栄ってもんだよ」

　と、藤村が代表して言った。


同じころである――。

浜町堀のそばにある夏木権之助の屋敷では、夏木の妻の志乃が満面に喜びを浮かべていた。京都に着いた三男の洋蔵から、書状が届いたのである。宛名は夏木権之助と志乃となっている。

夏木は出かけていて、待ちきれずに開けた。

　京は晴天がつづきおり候

と、洋蔵らしい大きく元気な文字でその書状は始まっている。

「ああ。無事に着いたのね」

むさぼるように文面を読む。

さっそく京都の町《ま》を歩きまわっているらしい。有名な寺もいくつか訪ね、名だけは知っていた仏像も目の当たりにした。

感激しているようすが文面からひしひしと伝わってくる。

「行かせてあげてよかった」

と、志乃はつぶやいた。次に、もっといっぱい、いろんなことを書いてくれたらいいのにとも思った。仏像や書画の感想もくわしく書いてあって、かなり長い書状ではあったが、それでも志乃には物足りなかった。

だが、なにより無事に着き、元気でいるのだから素晴らしい。

あとから、湯島天神にお礼参りに行かなければ、と思った。

書状を家の神棚に載せ、藤村家の加代がひそんでいる西側の奥の部屋に向かった。離れとまでは言えないが、すこし突き出た一角の、この屋敷ではいちばん静かなところである。

この日は、夏木家で加代を師匠とする香道の稽古がおこなわれていたのだ。

「志乃さま。何かよいことが？　お顔が輝いておられますよ」

「あら、そう？　いま、息子の洋蔵からの書状が着いたもので。無事、元気でいるらしいとわかったので」

「まあ、それはよかった」

と、加代も喜んだ。ほかに弟子たちが四人ほどいるが、みな、子どもが小さかったり、嫁入り前だったりして、実感がないのだろう。きょとんとして志乃を見ている。

「あら、ごめんなさい。つい、騒いでしまって。稽古をつづけましょ」

と、志乃はつづきをうながした。

香道というのは、かつては貴族の遊びだったものだから、万事がゆったりしたお稽古ごとである。

香を聞き、いくつかある中からその香を当てたりする。藤村に言わせると、

「のったりした遊び」

ということになる。しかも、香りは「嗅《か》ぐ」のではなく「聞《き》く」なのだと、何度教えてもわからないので、加代は香道について藤村とはいっさい話をしないことにしていた。

藤村も奉行所での話はまったくしなかったので、おあいこだとも思っていた。同心の中には、奉行所のことだけでなく、市中で見聞きした面白おかしいことを妻に語ってくれる人もいて、加代はそうした夫を持った人を内心、羨ましく思っていたのである。

今日のは正式の会ではないので、終わりごろには世間話も混じる。さらに、志乃

の点《た》てたお茶がふるまわれ、お菓子も出れば、巷《ちまた》の噂話にも花が咲いた。

「そういえば、夏木さまも親しくなさっている七福堂さん」

「はい」

「店が小さくなってしまったけど、あそこのお嫁さんが家を出てしまわれたとか」

志乃は町人の妻とも気さくに付き合うので、商家の女房もいる。その一人が、別の商家の女房に言った。その言葉を耳にはさみ、

「お嫁さんて、仁左衛門さんの息子さんのほう？」

と、志乃が思わず訊いた。

「はい。うちの主人が、その鯉右衛門さんと子どものころからの友だちなので聞いたんですって」

「まあ」

と、志乃が驚き、

「そうなの」

加代も目を瞠《みは》った。

夏木も藤村も、そんなことは言っていなかった。

言わないのが男の付き合いかもしれないが、女からすると、なんだか秘密めかし

ているみたいで、納得いかない。

「鯉右衛門さんが相場に手を出したりして、店を傾かせてしまいましたでしょ。何代もつづいたあの老舗が、あやうく一切合財《いっさいがっさい》を失うところだったんですよ。それでやけを起こし、励ますおちささんに出ていけと言ったんですって」

「そんなことくらい、ふつうの女なら我慢するわ」

と、商家の女房がおちさをすこし非難するように言った。

「でも、おちささんは、酒をやめ、ちゃんと立ち直らせることができそうなら出ていってやると啖呵《たんか》を切ったそうよ。それで、鯉右衛門さんがもう一度、商売に励みはじめるのを確かめると、約束を守るというので出ていったみたい」

「かわいそう、おちささん」

と、別の商家の女房が言った。

「たしか元は芸者さんだったと聞いたことがあるような」

と、志乃が言った。夏木のほうが、まだ藤村よりはいろんな話をしているらしい。

「そうなんです。だから鯉右衛門さんが商売に失敗したんだと、近所の人たちからはおちささんのせいみたいなことも言われたのだそうです。それで、仁左衛門さんなどは、おちささんに同情して、また芸者にもどったのではないかと、このところは浅草近辺を探し歩いているんですって」

「まあ。そうだったの」

くわしい話までは突っ込まず、加代は稽古を終えることにした。

ほかの弟子たちが帰ったあと、

「加代さん。どう思う？　さっきの話」

「ええ。さっき聞いた話のかぎりでは、おちささんという人も、仁左衛門さんもかわいそうですよね」

「ほんとよね。夏木などは手伝ってあげてるのかしら。もう、足もだいぶ動くようになったし、駕籠を使ったっていいのに」と、志乃が言った。

「でも、さっきの話から推測すると、おちささんはもう芸者はしていないのではないでしょうか」

と、加代は使った香炉をきれいに拭きながら言った。香道も茶の湯といっしょで、道具を大事にする。

「そうよね。わたくしもそう思うの」

「やはり小間物に関わることをしているのでは？」

「加代さんもそう思った？　わたくしなら、そうしますよ。意地があるもの」

「同感です、志乃さま」

と、加代が笑った。

これでおちさが芸者にもどったとする。そおら、やっぱりあの女は心底、芸者だったんだと、世間は必ずそう言うのだ。自分の耳がおちさの耳になったように、世間の声が聞こえる気がする。いや、世間の声なんてどうでもいい。七福堂の人たちからもそう思われるかもしれない。それが何より辛い。悔しい。

七福堂が傾いたのは、自分のせいではないと思っているなら、なおさらおちさは小間物にかかわる仕事を探すはずだった。それは、芸者にもどるよりずっと大変な道だろう。結局、暮らしがなりたたず、また芸者にもどる羽目にもなるかもしれない。それでもいまは、頑張ってみる。小間物屋の一軒も築いてみせる——そんな意気込みで必死で働いてやる。

「あ、もしかしたら……」

「どうしたの、加代さん？」

「いえ、このところ、おかげさまでお弟子さんが増えてまして、いま、百人を超えるくらいなんです。その中に小間物に関わる仕事をしている人が何人もいます。もしかしたら、そのへんからおちささんにつながっていくことができるかもしれないなって」

じっさい江戸では香道が何度目かの流行の兆《きざ》しを見せていた。そのため、加代のもとには、かなり遠方からの弟子入りの志願があいついでいた。

「まあ、あなた、やっておあげなさいな。わたくしもできるだけ、お手伝いしますから」

と、志乃は張り切った声をあげた。

「そうですね。手がかりは、昔、浅草で芸者をしていて、最近になって一人住まいを始めた人……」

加代はどことなく亭主の藤村に似た手つきで、腕を組み、首をかしげた。

二

藤村と夏木は深川の西のはずれにある木場にやって来た。商売をしている仁左衛門は、深川の大旦那と揉めたりするのはまずいだろうと、とりあえず外《はず》すことにした。木材と小間物ではなんの関係もないとはいっても、木場の旦那の力は強大である。「あ、七福堂ね」と首をかしげただけで、まとまる商売がまとまらなくなったりもする。その点、旗本の夏木は、ほとんど利害の関係はない。

佐助の相談を受けてから三日あいだをおいている。そのあいだに、藤村はざっと三原屋をめぐる状況を調べた。妙な話にうかつに首を突っ込みたくはない。藤村は多少、危険な目にあっても、夏木や仁左衛門をおかしなことに巻き込みたくはない。

その結果、とくに複雑なことはなさそうで、純粋に二人だけのことらしいというのはわかった。

それなら直接、訊いてみるまでである。

木の香りがむせるほどである。一口に木の香りといっても、匂いはさまざまであるのがよくわかる。

木場は木の町であるとともに、水の町でもある。すぐ足元に水があり、空を映し、風のそよぎを波紋にして見せてくれる。

その水に囲まれた道を、歩いていく。

ここから多くの豪商が育ち、深川の茶屋の隆盛を支え、利権をめぐるさまざまな悪事も生まれた。

「木ってえのはたいしたもんだね、夏木さん」

「どうしてだ？」

「伐られて死んだあとでも、こんなにいい匂いがする。なんでも、何百年も土に埋まっていた木でも、鉋《かんな》をかけるとちゃんと木のいい匂いがするらしいぜ。人間なんかそうはいかねえもの」

「凄い比べようもあるものだな」

と、夏木は藤村の感想に笑った。

三原屋は、堀が並ぶ一画で、真ん中あたりにあった。

凄い構えの店である。大名屋敷の正門ほどいかめしくはないが、上に揚げた屋号の巨大さといい、黒光りする屋根瓦といい、磨きこまれた柱といい、あらゆる材料に贅《ぜい》を極めたことは一目でわかる。

店はここだけではない。八丁堀にも近い南伝馬町にもある。そちらもたいした大店である。まだほかにもあるのかもしれない。

「旦那にお会いしてえんだがな」

と、藤村は店先にいた手代をつかまえた。

「どちらさまで？」

手代は腰をかがめながら、こっちの着物の値踏みをする。

「佐助の代理の者だと言ってもらおうかい」

すぐにぴんときたらしく、手代はあわてて奥に報《しら》せに行った。

待つあいだに店の中もひととおり見まわした。

店の奥に立派な観音さまが飾られてあるのが目についた。遠くから見ても、きれいなお顔の、なんともやさしげな観音さまである。

「お待たせしましたな」

三原屋が出てきた。

用心棒も本当にいた。藤村と、杖をついた夏木を見て、すぐに藤村のわきに立った。

商人のなりで刀も差していないが、おそらく柔術でもやるのだろう。もしも藤村が刀に手をかけでもしたら、すばやく身を寄せてくるにちがいなかった。

「佐助の代理ですって？」

「そう」

藤村がうなずくと、三原屋は店先から外に出て、目の前の材木が浮かんだ堀の前に立った。

「あなたさまは、たしか八丁堀の？」

三原屋は怪訝そうに藤村を見た。定町回りをやった者は、誰かれに顔を知られてしまっている。

「ああ。去年、役目は退いたがね。いまは、町人たちのよろず相談ごとに乗ってやっているというわけで」

「なるほど」

　と、三原屋はうなずき、そこから何も言わなくなった。

　藤村と夏木は黙って水に映る景色を眺めた。浮かんでいる丸太が、ときどき誰もいないのに、ふとひっくり返ったりする。

　しばらくして、三原屋が、

「じつは、佐助のことは何も言いたくないんです。そのほうが、佐助のためにもいいはずですし」

　と言った。藤村は苦笑して、

「だが、佐助は知りたいと言ってるんだぜ」

「もちろん、相応のことはさせてもらいます」

「金かい。だが、気持ちの問題だからね」

　と藤村は言ったが、では気持ちと金のどちらを取ると言われたら、たいがいの者は金を取ってしまう。佐助にしたっていまはともかく、冷静になったときはどう出るかはわからない。

「わたしのやったことは、奉行所に扱われる悪事なんかじゃないはずです。ここは、お引き取りいただきたいんです」

「でも、それじゃあ、佐助も納得しねえよ」

「たいしたことじゃないんです。他人からしたら、笑って終わりにするようなことかもしれない。でも、あたしにとっては大事なことなのです」

「それじゃ、ますますわからねえ」

と、藤村は苦笑した。

「与力の前田準之助《まえだじゅんのすけ》さまには、ときおりお目にかかってますので」

三原屋は、横を向いてから、小さな声で言った。

「ほう」

与力まで持ち出してきた。

前田準之助というのは吟味方にいて、仕事はできるし、人情味もあるが、藤村からするとよくわからないところがあった。わからないというのは、意外なことに精通していたり、あるいはどこか余裕のある笑みを浮かべていたりといったことだった。それはこうした付き合いからきていたのかもしれない。

脅しに屈するのは腹が立つ。

だが、藤村家も代々、同心で食ってきた家である。三原屋はじつに嫌なところを突いてきた。

「三原屋……」

と、黙って聞いていた夏木が言った。

「わしは旗本の夏木という」

「いま、西の丸にいらっしゃる夏木新之助《しんのすけ》さまとは？」

さすがに三原屋くらいになると、城の中の人事にも詳しい。

「倅だ」

と、夏木は短く言った。

「さようでございますか」

三原屋がすこしひるんだような顔をした。

格上の札を夏木がわきから出してくれたのだ。

「ただ、これは佐助のためにも言わないほうがよろしいかと」

三原屋もしぶとい。

「佐助はこの先、いくらでも新しい男が見つかります。わたしは、女遊びはこれでお終いにします。ですので、この話は時が消してくれるのを待ちましょうとお伝えくださいませんか」

と、言う気はまるでないらしい。

「じゃあ、いちおうその返事を持って帰るか。今日のところはな」

藤村は引き下がることにした。

「ありがとうございます」

三原屋が深々と頭を下げた。その向こうで、深川の堀の水がこまかなさざ波を立てつづけている。

「お師匠さん」

と、夏木家の加代のところにやって来た弟子が、褒《ほ》められたがっている子どものような顔をして言った。

「うちの店に……」

この弟子の家は、芝口橋の先の日蔭町で小間物屋をしている。

「どうしたの？」

「こんな人が来たのです。歳は三十をいくつか出たくらいでしょうか。化粧はそれほど濃くはありませんが、粋筋《いきすじ》のような感じのする女の人が来て、新しい匂い袋をつくってみたのだが、お店に置いてもらえないかと言ったのです」

「はい」

と、加代はうなずいた。そのわきに、志乃も来ている。

「その匂い袋がまた、すごくよくできていて、女心をくすぐるものなのです」

「どんなふうに？」

「匂い袋に、それぞれ名前がついているのです。紫《むらさき》の上《うえ》とか桐壺《きりつぼ》とか。なんでも、『源氏物語』に出てくる女の人だそうです。それらの女性に合わせてつくってみたんですって」

「まあ、いいわね」

と、志乃がうっとりしたような顔をした。志乃は若いときから『源氏物語』が大好きで、少なくとも五回は読破している。

「しかも、それぞれの匂いは、こんなときにふさわしいと解説した紙に包まれているのです。それが、なかなかいい匂いになっていました」

「あら、わたしも聞いてみたい」

と、加代が自分の得意なことに競争心をかきたてられたような顔をした。

「ええ、それでうちでもこれは置いてみようということになったのですが、その女の人、ちさと名乗りました」

「まあ」

と、加代と志乃は顔を見合わせた。

「それで、わたしすぐに、お師匠さんから聞いていたことを思い出しました。それから機転をきかせ、いっぱい注文があったら、すぐに追加を頼みたいので、どこに行けばよろしいですかと、さりげなく訊きました」

「まあ、あなた。なんて気が利いてるの」

加代はいかにも師匠然として言った。

「はい。その、ちさという人は、築地の南小田原町だと」

加代と志乃は、やったとばかりに笑みをかわし合った。

三

佐助は、深川芸者の検番のおかみの家に居候している。近くに二階建てのこじゃれた家も借りていたが、そこへは物騒な気がして、もどる気はないらしい。飼っていた猫二匹もこっちに連れてきた。

そこを藤村が訪ねた。すぐに奥の部屋に通される。

藤村は、三原屋の言ったことをそのまま伝えようか迷っていた。伝えるのはかんたんなことである。あんたのためにも言いたくはない。金は相応のことをする。時が消してくれるのを待つことにしよう……。だが、それだと何かそっけなさすぎる気がする。三原屋はまだ、何か迷っているか、隠しているのか、はっきりしないものがある。それがもうすこしわかってからでもいいのではないか。

それで、藤村はすこしだけ三原屋を脅し、またあとで来ると言っておいたと、佐助には伝えた。

「そうですか。当面は藤村さまたちにお願いしますので、いいですよ、焦らずにやってみてくださいまし」

と、佐助が言った。

佐助が先に煙草に火をつけ、藤村にも煙草盆を勧めた。葉をもらい、持参した煙管に詰めて一服する。さすがにいい葉っぱを使っている。香りがよく、口当たりがじつにやわらかい。

煙にうっとりしたあと、

「姐さんはすぐに芸者にもどるんじゃねえのかい？」

と、藤村は気軽な調子で訊いた。

「考えてるんですよ。一度、離れてみたら、なんだかずいぶん疲れていることに気づいたみたいで」

「そういうことってあるさ。芸者は何年やったんだい？」

「十五年ほどになりますかね」

十五年というのは短い歳月ではない。裏庭に木を植えたら、いまごろはその木を切って、家の縁側を新しくしている。

「ずいぶん若いうちからやったんだね」

と藤村は言った。いまが二十七だというから、十二のときから始めたことになる。

「歳をごまかして始めましたよ。家は堅気《かたぎ》の商売をしてたので、親は猛反対でした。それで飛び出したりしましてね」

「ほう。そいつはずいぶんなことをしたもんだ」

「ひどい娘ですよ」

と、佐助はうつむいて笑った。

そんな娘が、やがて人情を汲み取ることができるいい女になったりするのを藤村は何人も見てきた。逆に、真面目一方で家におさまったのが、てめえのことしか考えない、身勝手で冷たい女だったりする。つくづく人間というのはよくわからない生きものなのだ。

「恥なんかどれだけかいたことか」

「そりゃあ武勇伝もいっぱいあるだろうさ」

「お旗本と取っ組み合いの喧嘩をしたこともありますよ」

「おうおう」

「裸で冬の堀に飛び込んじゃったことも」

「死ななくてよかったじゃねえか」

そういう突飛《とっぴ》なところも、逆に面白がられたりしたのだろう。

「酒が入りますからね」

「飲める口なんだな」

「女酒豪の関脇ですって」

「そりゃ凄い」

「そういえば……」

「どうしたい？」

「まさか、あれをやったかな」

佐助は初めて不安そうな顔をした。

「なんでえ?」

「じつはね、酔っ払うとやる、くだらない芸があるんですよ。若いときからの大うけの芸で、酔っ払うとついやってしまったんです。ただ、二十歳を過ぎたらだいぶ落ち着いて、もう泥酔することもなかったですし、やってなかったんです」

「くだらない芸ね」

藤村は気になる。

「でも、お妾という立場になんのかんの言ってもほっとするところがあったのですかね、その晩はずいぶん泥酔しちゃったんです。だから、もしかしたら、ついやってしまったかもしれない……」

佐助は考えこんだ。

「思い出しなよ」

と、藤村はうながした。

「うん。やった、やった。やったんだ」

と、佐助は苦笑した。

「どういうのかやってみてくれよ」

藤村はつい、興味をそそられる。

「馬鹿お言いでないよ」

と、佐助は照れた。

「それで三原屋は驚いたのかね」

「どうだろうね」

「でも、芸だろ?」

芸者はお上品に、三味線や唄だけで客を楽しませるわけではない。ときには世の上品な奥方が見れば、気絶するような芸だって披露するときもある。

「そうさ」

「だったら、向こうだっていろいろ遊んできてるだろう」

初めて芸者と遊んだ若者ならともかく、深川の遊興地を支えてきた大旦那である。どんな芸にもびくともしないのではないか。

「そりゃそうだろうね。病で亡くなった前のお妾だって、やっぱり芸者あがりでさ、上品な人じゃなかったよ」

では、お払い箱の理由とはちがうような気もするが、いまのところそれくらいしか手がかりはない。

「ま、ちっと別口から探りを入れてみるがね」

藤村の頭にあるのはもちろん、深川のことなら裏の裏まで知っている肥った鮫《さめ》である。三原屋の性格、趣味嗜好《しこう》、嫌いなもの、怖いもの。鮫ならきっと知っている。ただし、近頃はほとんど顔を見ていない。

「お願いだよ。あたしもこのままじゃ、なんか納得いかなくてさ。どうせ金のほうでケリをつけようとするんだろうけど」

そのとき、前の道を通った芸者に、佐助が連子窓《れんじまど》から声をかけた。

「あら、小助《こすけ》ちゃんじゃないか」

「お姐さん」

と、呼ばれた芸者が小さく手を振った。小助という名は、聞いたことがあるような気がした。

小助、小助。芸者の小助……。喉元まできている。だが、思い出せない。顔もここからだとよく見えない。

「いい人できたんだってね。噂聞いたよ」

という佐助の言葉に、

「うん。でも内緒なの。本気だから」

「その人？」

「うん」

芸者といっしょに歩く男の姿が見えた。背が高く、着流しに刀を一本、落とし差しにしている。

思わず身体を傾けて、男の後ろ姿をじっと見た。見覚えがある。それどころではない。犬っころみたいに小さいのを、飯を食わせてあれまでにした。一人前にするため、自分はどれだけの酒と遊びを我慢したか。

「康四郎じゃねえか……」

馬鹿だな。芸者なんぞと遊ぶとむしられるぞ。

そのときは、そんなふうに軽く思っただけだった。


志乃と加代で、おちさがいるという南小田原町を訪ねてみた。

霊岸島や深川ともそう遠くはないが、あのへんの住人はこちらにはほとんど足を運ばない。中央の日本橋界隈へは向かうが、そこで引き返す。南小田原町というところは、そういういわば盲点のような場所だった。

長屋の名も聞いてある。亀助《かめすけ》長屋。その入り口近くで、腰高障子にはまだ前の住人の「大工の鉄三郎《てつさぶろう》」という文字が入ったままだという。

亀助長屋はこぢんまりしているが、荒れた気配はまるでなかった。女が安心して一人住まいができそうな雰囲気でもあった。何より日当たりがよさそうなところが好ましかった。

路地の突き当たりの物干し場には、たくさんの洗濯物がかけられ、初夏の風に小さく揺れていた。屋根の上では、雀が鳴きかわしていた。

「いるかしら」

と、加代が言うと、

「なんだかどきどきしちゃう」

志乃が胸を押さえた。そもそもがこんなふうに供《とも》もなく歩くこと自体が、旗本の奥方にとっては大冒険なのである。旗本の奥方というのは、白壁のように顔を塗り、薄暗い屋敷の奥で、静かに息をひそめている人がほとんどなのだ。

「あら……」

大工の鉄三郎と書かれた家の戸は、開けっ放しになっている。さりげなく中をのぞくと誰もいない。

洗い場に一人、出ている。盥《たらい》で端切《はぎ》れを洗い、糊《のり》をつけ、板に貼っている。

二人ともおちさの顔は知らない。が、元芸者で、お洒落の趣味がいいらしい。なんとなくそんな雰囲気は感じる。

加代が先に近づいた。

「あの」

「はい？」

「もしかして、七福堂の……」

そこまで言っただけでおちさの顔が不安そうに歪《ゆが》んだ。持っていた端切れをぎゅっと握ると、掌《てのひら》のあいだから細かな泡が立った。

加代はあわてて言った。

「そうじゃないの。わたしたち、あなたの味方ですよ。話を聞いたら、捨てては置けない気持ちになって」

おちさはじっと加代の顔を見た。安心したような気配が満面に広がった。

「そうですか。はい、ちさはわたしです」

「よかった。見つかって」

喜ぶ加代に、志乃も感心しながら後ろからこう言った。

「こんなに早く見つけてしまうなんて。あなたも、さすがに八丁堀育ちねえ」

四

深川の鮫は、またぞろどこぞに潜入したらしい。

下っ引きの長助も連絡がつかないというので、諦めざるをえない。三原屋の裏の顔をぜひ鮫蔵《さめぞう》に聞きたかったが、いないのでは仕方がない。

そうこうするうちに、三原屋から使いが来た。

「深川の料亭の〈平清〉に来ていただきたい」

というのである。

「平清かい」

藤村はためらった。

そこは深川八幡の真ん前にあり、深川、いや江戸でも三本の指に入るといわれた名店である。料亭なのに、大きな風呂がある。料理をいただく前に風呂に入ってさっぱりするという趣向である。のちに真似をする店が多く出たが、ここが嚆矢《こうし》である。

蜀山人《しょくさんじん》こと大田《おおた》南畝《なんぽ》は、この平清が開店したとき、「湯治場料理店」と書いた。

「一人じゃ気後《おく》れするなあ」

と、ためらいはしたが、夏木と相談し、藤村が一人で行くことにした。

「申し訳ありません。わざわざお出でいただき」

「なに平清じゃなかったら、もうちっと気楽なんだが」

「お気楽になさってください。名店といったって、どこも正体はそれほどのものではありません。所詮、人がやることですから」

とはいえ、やはり海の牙とは居心地がちがう。部屋の匂いも掛け軸も座蒲団のやわらかさも、何もかもがちがう。

こういうところでは、すぐに肝心な話などはしない。

ゆるゆると料理を楽しむ。

深川だけに料理は海の幸、川の幸が中心である。鰻《うなぎ》やはまぐり、あさりなどを巧みな味付けで出す。握り寿司も深川が本場といわれるくらいで、もちろん平清でも出した。

これらをあたりさわりのない話をしながら食う。酒もたいして飲まないのに、いつもより酔いが深い気がする。酒がいいというより、緊張のせいである。

そして、最後に有名な鯛の潮汁《うしおじる》が出る。

大きな朱塗りのお椀に、小さな鯛の切り身がひとつ入っている。汁は正月の井戸のように澄んでいる。

「これが世に知られる塩の秘術ですかい」

味付けは塩だけ。だが、それが絶品だという。

「ふうむ」

舌の上でころがす。なんのことはない。海の牙の安治だって、これくらいの味は出す。

ただ、客をかしこまらせたり、ありがたがらせたりしないだけである。

「じつは、前田準之助さまから、手前は以前、藤村さまにたいそうなご厄介をかけていたとお聞きしまして」

「ああ、聞いたかい」

三原屋は以前、有名な泥棒に押し込みの標的にされたことがある。もう七、八年ほど前のことになるだろうか。

当初、狙っているのは別の店だと思われていた。

だが、藤村だけは堀を挟んで反対側にある三原屋のほうだと目をつけ、ほかの同心とちがってこっちを警戒していた。

藤村の見立ては当たり、決行の夜、藤村一人で盗賊団と対峙することになった。

それはかなり激しい斬り合いになったものだった。

盗賊団は五人いた。いずれも小刀ほどの短い刀を差していたが、そのうちの一人がやたらと腕が立った。元は武士だったかもしれない。

激しく動く剣で、藤村はいったん外に逃げた。足元の悪い家の中では、戦えたもので月の光があり、地面は平らかだった。それでも藤村は押され、わき腹をかすられた。下がりながら振った剣が、相手の右腕の手首を断ってくれた。僥倖《ぎょうこう》と言ってもよかった。

このときようやく、別の店を張っていた仲間が駆けつけてきたのだった。

これは藤村の手柄ではあったが、当時、藤村は別の件で失敗に近いことをしていて、それとこの手柄が相殺されるようなかたちになった。だから、三原屋とも顔合わせはなかったのである。

このあいだ会ったとき、藤村はそれを恩着せがましく言わなかった。

「あの節はありがとうございました」

三原屋は丁重に頭を下げた。

「なあに仕事でやったことだもの。今度のとは関係がねえ」

藤村にはそういうところがある。照《て》れ屋なのである。昔、あんたの面倒を見たなんてことは、恥ずかしくて言えないのだ。

「佐助のことですが、佐助自身が知りたがっているのなら、教えたほうがいいのか、悪いのか。ずいぶん、迷いました。それで考えたあげく、あたしが佐助と同じ恥をかけばいいだろうと思ったのです」

そう言って、三原屋は着物の帯をとき、藤村の前に立った。

「頼むよ」

三原屋がそう言うと、隣りの部屋で三味線と太鼓が鳴りだした。ずっと合図を待っていたらしい。

着物を脱いで踊りだした。

「そぉれそれ、そぉれっと」

三原屋は襦袢《じばん》を一枚、帯もなくひっかけただけである。それで腰をくねらせ、のけぞって見せる。

「あらあら、ほらせっと」

なんとも凄まじい踊りである。

「ほらほら、これがお股観音だよ」

下半身までむきだしである。むろん、男のものだが、佐助は女である。

お股をのぞけば　なんでも見える
お股がわかれば　なんでもわかる
お股をいのれば　なんでもかなう
あっそれ　あっそれ　拝めや拝め

初めて聞く唄である。音階は明るいなかにも哀愁のようなものも漂う。

そしてついに、三原屋はそれを藤村の顔の前へと突き出した。

「まいったな」

藤村は思わずつぶやいた。どういう顔をしたらいいか、わからない。

「ほぉれ、ほれほれ、拝みなされよ、お股観音」

下品きわまりない。

だが、この芸を、三原屋の旦那がやってみせているのである。深川でも指折りの豪商が、藤村一人を相手にそれを再現してくれているのである。見ようによってはありがたいことではないか。

やがて、この男の凄みも感じられてきた。

藤村に対しても、佐助に対しても、これは実《じつ》を尽くしているのではないか。

やはり、三原屋角兵衛と佐助は傑物同士の組み合わせだったのだ。

「もうけっこうですぜ、三原屋さん」

と、藤村は言った。

すっと三味線と太鼓の音も熄《や》んだ。

「というわけです」

三原屋はすぐに着物をかき寄せた。

「それで、あまりの下品さに気持ちが引いてしまったと？」

と、藤村は訊いた。それでもまだ納得しきれていない。あんたはそれほどお上品な妾が欲しかったのかと。

「そうじゃありませんよ。下品うんぬんではなく、この芸がわたしにとってはひどくまずいものだったんです」

「というと？」

「わたしは観音さまをたいへん深く信仰してきました。観音さまのおかげで、商売もここまでやってこられたと思っています。佐助が踊ったあの部屋にも、わたしは何体もの観音さまを置いてました。そこで、佐助はお股観音などとやったのです」

「ああ、そうでしたかい」

やっと納得できた。

泣くに泣けない、笑うに笑えない事態である。

「観音さまを侮辱したと思いました。現に、あのとき急に雷が轟《とどろ》きはじめたのです。観音さまの怒りなのだとも思いました。この女を囲ったりしたら、三原屋の身上は危うくなると思ったのです」

たしかに半月ほど前、やたらと雷が轟いた夜があった。木場では堀に落ちたという話も聞いた。あの夜のことだったらしい。

「そういうわけでしたか」

「こんなこと、言えますか？　言えば、佐助も愕然とするでしょう。わたしではなく、自分を怨《うら》むかもしれませんよ。何も知らせず、このまま終わりにしたほうがいいのです」

「それはどうか……」

佐助なら、笑い飛ばすのではないか。いろんなものが三原屋のほうがまさっても、恥をかくという経験だけは、佐助がまさっている。恥をかいても立ち上がる強さは、格段に佐助が上であるはずである。

「商売をしていると、裏切りに近いような仕打ちをしなければならないときもあります。だが、わたしは観音さまだけは裏切らないできた。そして、観音さまだけは、きちんと見てくれていた。それが唯一のよりどころでした」

すでに話は終わりに近い。

「もう、縒《よ》りをもどすおつもりはまったくないんですね？」

「それは、怒りも多少、やわらぎましたから、わたしのほうは考えることはできます。観音さまには、わたしのほうからできる限りのお詫びをします。だが、わたしのほうから言い出すわけにはいかない」

それは意外な答えだったが、佐助という女の魅力を思えば、三原屋の妥協もわかる気はする。

「そりゃあねえ」

「もし、藤村さまが仲を取り持ってくださるなら……」

「ううん」

やはり平清は高くつくのである。海の牙の百倍の値段はそういうことなのである。

「当てにされても困るんだが……」

とりあえず当たってみることにした。

藤村はつくづく思う。不思議なものである。

たまたま、一人の女が持っていた恥部のような過去が、一人の男がいちばん大事にしているものを愚弄することになった。佐助の芸の名がちがっていたり、あるいは旦那の信仰しているのが観音さまではなく、弁天さまだったら、こんなことにはならなかった。

――めぐりあわせだ。

と、藤村は思った。だが、男と女はそういうものなのだろう。

藤村は、検番に行って佐助に三原屋の気持ちは伝えた。

「観音さまね……」

斜めの笑みが浮かんだ。やはり、佐助は自分を怨んだりはしない。三原屋は佐助の生きる力を見損《そこ》なっている。恥なんかそれくらいの笑いでそそぐ力が、佐助にはあるのだ。

「三原屋の気持ちはわかるだろ」

「半分はね」

「あとの半分は？」

「何をきれいごとぬかしてるんだいと」

次は斜めではなく、まっすぐな笑いだった。

「なるほど」

この話はやはり無理だったのだ。藤村はあいだを取り持って、自分が男を下げたと思った。

「あらためて訊くまでもなかったな」

「ええ。女にも意地があるんです。むしろ、女のほうが意地っぱりかもしれませんよ」

と、佐助は窓の向こうの空を見て笑った。

おちさも夏木家に世話になることになった。

「ただし心配するから、居場所は教えないが、元気でいることだけは伝えましょう」

という志乃の忠告に、おちさもうなずいた。

この夏木家で、三人の女たちはおちさが考案した匂い袋をつくりはじめたのである。

最初はおちさだけでつくっていた。ところが、小間物屋に卸《おろ》すと、たちまち売れてしまうという。すぐに追加の注文がくる。日蔭町の小間物屋ではわずか三日で四十個も売れてしまったという。当然、人手が足りない。それで加代が手伝い、志乃もつくりはじめた。

加代と志乃が手伝うと、匂い袋はさらによいものになった。

小さな匂い袋だが、模様や柄《がら》は豪華なものと、かわいらしいもの、それに清楚な感じがするものと三種類が選ばれた。

それでいて、かたちは小さめで愛らしい。

ここらはおちさの洒落っけがうかがえる。

それに加代の匂いの趣味のよさが加味され、唯一、おちさが苦手だった豪華な味わいのところは志乃の助言が効いた。

「そこの紐は紫色にするといいのよ」

「まあ、ほんとに」

「ねえねえ。わたしたちに似合うとするとどれですかしら」

「志乃さまはこれ、加代さまはこれ」

「おっほっほ」

楽しみながらつくる。あまりに楽しくて、志乃などは生まれて初めて、徹夜仕事まで徹夜仕事をした。

「ねえ、これ、七福堂で置いてもらいましょうか」

と、志乃がいたずらっぽく言った。

「まあ、どうやって?」

「わたくしが仁左衛門さんにお願いしますよ。知り合いがつくったものなので、試しに置いてみてくれと」

「面白い。やりましょうよ、おちさん」

と、加代も小躍《こおど》りした。

「これで儲けて、男たちをぎゃふんと言わせてやりましょう」

志乃がこぶしを振り上げた。

「そうよ。女にも意地があるもの。むしろ、女のほうが意地っぱりなのよ」

佐助と同じ台詞《せりふ》を、藤村の家内の加代も言った。加代は空ではなく、まっすぐおちさを見て言った。

第四話　人生の鍵

一

「あ、うちのおたまです」
十二、三の少女が、初秋亭の一階の奥に置いてあった鳥かごを大きくしたような箱を指差して言った。中にはわずかに黒の混じった白い猫がいて、少女を見て「にゃ」と短く啼《な》いた。
「まちがいねえかい？」

仁左衛門はその箱を玄関口まで持って来て訊いた。

「はい。見つけてもらってありがとうございました」

「あいよ。今度は鈴でもつけときなよ」

と言って、猫を取り出す。

「よかったねえ、おたま。見つけてもらって」

少女は猫を抱きあげ、礼を言って出ていった。

夏木が昨日、材木置き場の隙間から見つけてあげた猫だった。熊井町はもともと漁師町で、魚の匂いがそこらじゅうに漂うからなのか、遠くからの猫の迷子もここらで見つかることが少なくなかった。

見つけた夏木から直接、あの女の子に渡せたらよかったのだが、今日はまだ出てきていない。

このところ、初秋亭のよろず相談は深川近辺でずいぶん知られるようになり、いろんな客が来るようになっている。

「商売繁盛だ」

階段に座っていた藤村が笑いながら言った。商売とは言ったが、もちろん猫の探し賃などはもらわない。ただし、金にゆとりのある人がくれるというなら断らないし、とくにかかりがあるものは、人を見て請求する。

「だが、いちばん多いのは猫探しと留守番だね」

と、仁左衛門が苦笑した。

「まあ物騒な話じゃないだけよしとしようじゃねえか」

「そうだね。ところで、最近、夏木さまが猫探しがうまくなってるんだ。気づいたかい？」

「たしかにそうだな」

もしかしたら、夏木は弓矢の稽古で鍛えたため、目がいいからではないか、と藤村は思った。風景に溶け込んだ猫の姿や、遠くにいる猫の姿も、ぱっと見極めることができたりする。

「どうしてだって訊いたら、罪滅《ほろ》ぼしなんだと」

「罪滅ぼし？」

それはまた、夏木らしくない台詞ではないか。

「なんでも、前に仔猫の上によろけて倒れこんで死なせたことがあるらしい」

「へえ。どこで？」

「ほら。夏木さまが前に付き合っていた芸者だよ。小助っていう若い芸者。ああ、藤村さんは小助を知らないのか」

「いや、一度、会ったことがある。そうか、あれか……」

と、藤村は正体のわからないものを食ったときのような、微妙な顔をした。

「どうしたい？」

「いや、じつは例の佐助の一件で検番にいたとき、その小助という芸者が通りかかったんだけどさ……まずいな」

「なんだよ、藤村さん」

「じつはさ、康四郎の野郎に新しい女ができたみたいなんだが……」

「康四郎さんはもてるね。女がほっとけない気になるんだろうな」

「そんなこたぁどうでもいいんだ。それよりその女というのが、芸者の小助みたいなんだよ」

これには仁左衛門も驚いて、

「ええっ。そりゃあ、まずいよ」

「まずいだろ?」

「夏木さま、また卒中を起こしちまうよ」

夏木は小助に冷たくふられたあと、大酒を飲み、煙草を吸いはじめた。それがすべての理由ではないにしても、またも小助にかかわることが、夏木の身体にいいはずがない。

「まいったな」

「それだけじゃないよ。あの娘はろくなもんじゃねえ。康四郎さんのほうが痛い目にあうよ」

「そっちはどうってことはねえ。康四郎は、ちっと調子こいてるから、痛い目にあったほうがいいのさ」

「とりあえず、夏木さまには知られないようにしたほうがいいね」

「ああ。そうするさ。でも、あいつらがそこらを歩いてるときに出くわしちまったら、どうしたらいいんだよ……まったく、もう……子どもってえのは、親が望むような相手とはまず付き合わねえもんだなあ……」

藤村がまだぶつぶつ言っているとき、

「ごめんくださいまし」

と、玄関に二十五、六くらいの男が立った。

「はいよ」

と、仁左衛門が応じる。

「こちらでは、よろず相談ごとを聞いてくれて、そのほとんどをうまく解決してくれると聞きました」

「なんでもってわけにはいかないよ」

「それはもちろん承知しています」

「だったら、話してみなよ」

「じつは……わたし、挨拶がものすごく苦手なんです」

と、男はいきなり泣きそうな顔になった。

「挨拶って、おはようとかいうあれかい？」と、仁左衛門が訊いた。

「いや、それくらいの挨拶はわたしでもできますが、人前に立って何か言わなきゃならないときの」

「ああ、なんかの集まりのときのね」

「それです、それ」

「じゃあ、うかがうから、こっちに上がっておくれ」

と、男を四畳半の間に座らせた。

藤村も階段を下りて、男と向かい合う。

男は〈頑丈屋《がんじょうや》〉という錠前屋をやっていて、名を代吉《だいきち》といった。

気の弱そうな顔で語るところでは、

「じつはまもなく商売を始めて十年になるんです。間口一間で始めた店を、どうにか二間半に広げることができました。それでお世話になった人を料亭にお招きして、一献差し上げたいと思ったわけです。その席で、なんとかお礼のご挨拶をのべなくちゃならないだろうなと思いまして」

ということだった。

「ああ、それはぜひやらなくちゃな」

と、藤村がうなずき、

「だが、ちゃんとしゃべれるじゃないか？」

と、仁左衛門が訊いた。

「こうやって、向かい合ってふつうのことをしゃべるのはまだ大丈夫なんです。ところが、何人かが聞いて、こっちが一方的に話す場合、とくにちゃんとしたことを言わなければならないというときは、もうあがってしまって駄目なんです」

「なるほどなあ」

仁左衛門はうなずいた。商売をしていると、どうしてもそういう機会はある。大勢の聴き手を前にするときは、自分でも図々しいと思う仁左衛門でさえ、胸が痛むような思いになる。苦手な人にとっては、さぞかし大変だろう。

「今後のこともあるので、なんとか克服したいのですが、こちらにお願いするのはあまりに妙ちくりんなことでしょうか？」

代吉は、申し訳なさそうに訊いた。

「いや、そんなことはないさ。なあ、藤村さん？」

「ああ。これはおいらより、仁左のほうが得意だろうが」

そこへ――。

「遅くなったな」

と、夏木もやって来た。うっすら汗をかいている。今日は天気がいいので、杖をついてやってくると暑いくらいだろう。

代吉の依頼を説明すると、

「わしもそういうときはあった」

と、夏木はうなずいて言った。

「夏木さんもかい。信じられねえな」

藤村はそう言ったが、たしかに夏木は押し出しがいいわりには、気の小さいところもある。嘘ではないのだろう。

「やっぱり、場慣れだね」と、仁左衛門は言った。

「そうだな、それしかないな」と、夏木も賛成した。

「場慣れとおっしゃられても、その席はいまから半月後なんですが、そのあいだ、人前で話すようなこともありません」

「なあに、あっしらの前で稽古すればいいのさ」と、仁左衛門が言った。

「そうだ。さっそくやってみるがよい」

と、夏木は代吉を立たせ、三人は反対側に並んで座った。

「な、何を言えばいいので？」

「まずは、なんでもいいさ。頑丈屋さんの店のことを聞かせておくれよ。場所でもいいし、品物の特徴も聞きたいし、お客はどんな人が多いかとかも」

と、仁左衛門が教えた。

「で、では」

両手をぴたりとわきにつけ、棒のようになったまま、深々とお辞儀をした。

「はいよ」

「わた、わた、わたわたわたわた……」

いきなり表情が固まったようになり、口ごもりはじめた。

仁左衛門たちはそっと顔を見合わせ、

──これはたしかにひどい。

というようにうなずき合った。

「がん、がん、頑丈屋という店で、わたわたわたわたしの、錠前は永堀町の十年前の」

話の中身も支離《しり》滅裂《めつれつ》である。

しかも、胸が苦しいらしく、ときおり、

「うっ」

と、喉が詰まったような声を出す。見ているほうは、心配になってくる。心ノ臓の発作でも起こされたら大変である。

「今日は最初だし、このへんにしとこうか」

仁左衛門が慌てて中断させた。

「ふうっ。これは、自分でも駄目だと思います。やはり、一献差し上げるなんてのはやめたほうがいいでしょうね」

代吉は自分でも情けなくなったらしく、肩を落として言った。

「まだ、半月あるんだぜ。だんだんにできるようになるって」

仁左衛門が慰め、

「そうだ。毎日、やることだ、こういうことは」

と、夏木が自信ありげに言った。

代吉が帰っていくと、

「大丈夫か、ほんとによ？」

と、藤村が呆れたように訊いた。

「大丈夫だよ。ああいう気の弱そうなやつのほうが、こつこつ努力して、ちゃんとした仕事をしたりするんだ。当日も、それなりのことはできるよ。あっしは、ずいぶん見てきたんだ。最初からぺらぺらよくしゃべるやつより、気の弱そうな小僧だったやつのほうが、しっかり自分の店をやっているよ」

仁左衛門の言ったことに、

「そんなものだろうな」

と、重々しくうなずいた。

「でも、仁左は若いうちからよくしゃべったぜ」

藤村がそう言うと、仁左衛門と夏木から非難がましく睨まれた。

だいぶ日も落ちて——。

今日も初秋亭に泊まるつもりの藤村は、晩飯にうどんでも食おうと、いったん外に出た。最近、小さい店だがうまいうどんを食わせるところを見つけ、そこの力《ちから》うどんに凝っている。凝りはじめると、毎日でも通うのが藤村の癖である。そのかわり、飽きるとぴたりと行かなくなる。海の牙のように、ずっと通いつづけるところはめずらしい。

するると、隣りの番屋から、本所深川回りの同心である菅田万之助が、肩こりでもしていそうに肩を回しながら出てきたところだった。

「やあ、藤村さん」

と、あいかわらずの大声で声をかけてくる。だが、大きな声のやつに悪人は少ないといわれるように、菅田も人のいい男である。

「よう、今日は遅いな」

いつもの道順だと、ここらはだいたいお昼過ぎくらいに通り抜けていく。今日は康四郎も付き添っていない。

「門前仲町でくだらねえ喧嘩がありましてね。それはともかく、最近、鮫蔵と会いましたか？」と、菅田万之助が訊いた。

「いや、見てねえよ」

言われてみれば、夕方、永代橋から油堀のほうへ十手《じって》で肩を叩きながら行く鮫蔵の姿を長いこと見ていない。あのあたりの連中は、深川きっての嫌われ者の不在にさぞかし羽を伸ばしているだろう。

「鮫がどうかしたのかい？」

藤村は、こうもりがしきりに飛び交う夕方の空を見ながら訊いた。

「鮫蔵はほら、ここんとこ、げむげむとかいう妙な連中を追っかけてましたでしょ」

「ああ、凶暴なやつらだよ」

こうもりが数匹、目の前の番屋の軒下に、ぱさぱさと羽ばたきながら、さかさまにとまった。

「そうなんですか。だが、実際には鮫蔵が思ってるほど、ひどいやつらじゃないのでは、という声もありましてね」

「奉行所の中でか？」

だとしたら、げむげむは奉行所にも侵出してきたことになる。

「いや、そこはわかりません。はっきり言われたのではなく、与力からそうでもないらしいぞと言われただけで、与力もげむげむの肩を持っているわけではなさそうでした」

「ふうん」

藤村はなにか気に入らない。鮫蔵の調べによれば、江戸市中でも七、八人、四宿を入れたら、十指を超す人が、げむげむによって殺されているはずなのだ。奉行所がそんな態度だったら、それほど凶悪な集団を、鮫蔵が一人で追いかけていることになる。深川きっての嫌われ者の鮫蔵が。

藤村はひさしぶりに鮫蔵と話してみたいと思った。

「おう、またな」

「じゃあ、藤村さん」

二

藤村たち三人が行きつけの居酒屋海の牙は、永代橋のすぐ近くにある。日本橋界隈で働いてきた男たちが、深川の家に帰りつく前に、ちょっと一息ついていくかと寄るような店である。

空いているという夜はまずないくらい繁盛している店だが、今日も常連でいっぱいになっている。

今日の料理は、なんといっても初がつおである。目に青葉、山ほととぎすのころで、このかつおも、品川沖で受け取ったやつを、安治の倅に届けさせたらしい。

「これを食わなければ江戸にいる甲斐《かい》がねえ」

と、安治は自慢げに言った。ふだん高い魚をけちょんけちょんにこきおろすくせに、これだけには目がないらしい。

かつおの刺身がだいぶ片づいたころ、おっかなびっくりといった顔で錠前屋の代吉がやって来た。藤村たちのところに来ると、臆したように店全体を眺め渡す。酔って大声をあげている一角には眉をひそめた。

「さあ、今日はここで稽古するぞ」

と、夏木が代吉の肩を叩いて言った。

あのあと、飛びとびで三日ほど稽古をし、三人の前でもすこし話せるようになった。そこで、当日は酒が入ったりするのだろうから、ぜひ、こういうところでやっておくべきだという話になったのだ。

「ま、代吉さんもちっと酒など入れて」

と、仁左衛門がお銚子を差し出した。

「わたしは酒はまるで苦手でして」

代吉は両手を胸の前で振った。

「でも、その日はちっとくらい口をつけねえわけにはいかねえだろ」

「そうなんですよね」

「じゃあ、そっちの稽古もかねて。ぐいっといこう」

「ぐいっとですね」

茶碗にそそがれた酒を覚悟を決めて飲んだ。

「なかなかいい飲みっぷりだぜ」

「そうですかね」

だが、すぐに真っ赤になり、気持ち悪くなってきたらしい。

「ほんとに弱いんだな」

「あ、ちょっと……」

ふらふらしながら外に出ていった。あとから仁左衛門が介抱するのについていく。

「ううむ。酒は駄目だな」と、夏木が言い、

「ああ。あと八日ほどしかねえのに、いまさら稽古したって強くはならねえよ」

藤村は苦笑いした。

代吉をしばらく休ませ、客も半分ほどになったところで、稽古を始めさせた。事情を聞いていたあるじの安治も調理場から出てきて、樽の上に腰をかけた。

「本日は、皆さま、お忙しいときにわざわざお集まりいただき、まことにありがとうございます……」

何度も稽古した甲斐があって、ここまではすらすら言えた。

別の客がこれは挨拶の稽古だと察知したらしく、

「ようよう。しっかりやれぃ」

と、野次を飛ばした。

「……十年前に、わたしが永堀町に店を出したときは、いつつぶれてもおかしくないと言われました。しかし、若狭《わかさ》組の棟梁と鍵清《かぎせい》さまに、大変、お世話になったおかげで、ここまでやってこられたのです……」

代吉がそこまで言ったとき、

「ちょっと待って」

と、仁左衛門が止めた。

「大変、お世話になったというだけではわからないよ。そのお人はどういう人で、どんなふうにお世話になってきたかは、ちゃんと話したほうがいいな。この挨拶を聞くのは、その二人だけじゃないだろ」

「それはそうです。ほかにも二十人近くは」

「だったらなおさら、みんながわかる話にしなくちゃ駄目だよ」

「わかりました」

代吉は素直にうなずいた。仁左衛門の忠告もなかなかもっともである。

「……蔵づくりで知られる若狭組の棟梁と、錠前屋の鍵清さまがこの駆け出しの錠前屋を助けてくれました。わたしの錠前は……」

「ちょっと待ちなよ。なんか変な話だよね」

と、安治がめずらしく口を挟んだ。

「変？」

「鍵清ってのは師匠かい？」

「いえ、おやじも細工師でしたが、錠前についてはわたしはとくに師匠はなしでやってきたんです」

「めずらしいな」

「ええ。誰にもできない鍵をつくりてえと思ったからで。だから、わたしの鍵はどんな泥棒にも破られません」

と、胸を張った。

「それはけっこうだ。だが、なんで、錠前屋が錠前屋のおかげなんだ？　おたがい客を取り合う仲なんじゃねえのかい？」

と、安治がさらに訊いた。

「それは、わたしがつくった錠前は自分で売るだけでなく、鍵清さんに卸させてもらっているからです。鍵清さんは、鍛冶町に大きな店を構えていて、売上げの高もわたしのところとは二ケタもちがいますから」

「そうか、卸してんのか」

「そりゃあそうです。わたしのような小さな店では、来てくれるお客さんはほんのわずかです」

「だったら、そのことは挨拶でも言ったほうがいいぜ」

「はい、わかりました」

と、代吉は素直にうなずいた。

「若狭組の棟梁のほうとは、どういうつながりなんだい？」と、仁左衛門がさらに訊いた。

「棟梁が鍵の客を紹介してくださるんで」

「棟梁が？」

「はい。いくら蔵を頑丈につくっても、鍵を開けられたらどうしようもないって」

「そりゃそうだ」

そう言ったあと、代吉はふいに思い出したらしく、

「あ、でも、若狭組の棟梁が、鍵清さんとは離れた席にしてくれとおっしゃってたなあ。仲が悪いんでしょうか」

「さて、どういうのかねえ」

と、仁左衛門は首をかしげただけだったが、藤村は何か気になり、

「仲が悪いか、あるいはいいのを隠したいかだな」

ぽつりとそう言った。

代吉の稽古を終え、初秋亭に一人もどったあと、藤村は思い出したことがあった。

二年ほど前だから、藤村はまだ北町奉行所の同心だったが、小伝馬町の海産物問屋の押し込み強盗の調べに狩り出されたことがあったのだ。そのとき、店のあるじが、

「せっかく若狭組に蔵を建ててもらったのに」

と、愚痴《ぐち》っていたのである。

若狭組というのは、頑丈な蔵をつくるので有名だった。藤村などは商人でもないのに、その名を知っているくらいである。いちばん怖い火事にも強い。二重扉になっていて、泥棒にも強い。そんな評判がある。蔵などはとうに建ててしまった代々の老舗はともかく、この十年ほどでのし上がってきた商人たちは、競うように若狭組に蔵づくりを依頼しているという。

ここのつくる蔵には特徴があり、鬼瓦の顔が福の神になっている。だから、一目で若狭組の蔵だとわかり、

「この店は安心だ」

という信頼にもつながるのだ。

――あの店はつぶれただろうか？

たしか小伝馬町の三丁目にあって、店の名は〈房州屋〉といったはずである。

翌日、藤村はその店を訪ねてみた。

――おう。まだ、あったじゃねえか。

もともとそう大きな店ではなかった。堅い商売でこつこつ小金を貯めてきたという感がある。だが、こういう店のほうが、むしろ無防備だったりする。まさかうちが、と思ってしまうのだろう。

店のようすを見ると、手代は一人しかいないらしいが、女房が帳場に出ていて、何か書き入れをしている。そう落ちぶれた感じはしないところを見ると、奪われた分はすこしずつ取り返しつつあるのだろう。

「おいらは去年まで北町奉行所の同心をしてたんだが」

藤村がそう言うと、見覚えのあったあるじの顔がこわばった。二年前に見たとき

よりは、やはり痩せたようだ。

「奉行所の方はもうお見えにならないのかと思ってました」

「近頃は来てねえのかい？」

「ええ。下手人探しを諦めたんでしょうか」

皮肉っぽい言い方だった。

「諦めちゃいねえさ」

「もっとも、来てもらってもあまりありがたくもないのですが」

とも言った。

「そりゃそうだろ」

奉行所の同心の訪問が喜ばれることはまずない。町人にしてみれば、泥棒の次に嫌なのが奉行所の同心の訪れなのだ。坊主が来るよりはましだと思うのだが、どう見ても奉行所の同心のほうが嫌がられている。

「盗まれたのも嫌でしたが、そのあとの調べもつらかったです」

「それは、すまなかったな」

「いや、そちらもお仕事ですから仕方ないのでしょう。ただ、どうしたってまわりの人にも、疑っているようなことを訊きますでしょ。房州屋のせいで、ひどいことを訊かれたと言われたのは応《こた》えましたよ」

「ああ、それはわかるさ」

「信頼されている若狭組の蔵で、鍵も二重になっている。とすれば、当然、内部の者が疑われます」

「ああ」

藤村は直接の担当ではなかったが、自分でもそうしただろう。

「信頼していた手代ばかりか、家族まで疑われました。そのあとはもう無茶苦茶です。倅は家を出ていき、長年つとめた手代も二人、出ていってしまいました」

盗っ人というのは、金を奪うだけでなく、大きな傷跡まで残していくのである。

「しかも、下手人はまだ捕まらねえんだろ」

「ええ。捕まらないなら、あんなに身内を疑うこともなかったのにと恨みに思ってしまいます」

こぼすこと、こぼすこと、藤村も半分は帰りたくなってきている。

「悪いがもういっぺん蔵のあたりを見せてもらえねえかい？　もしかしたら、下手人にたどりつけそうなんだよ」

藤村は適当なことを言った。

「そりゃあよろしいですが」

と、裏に案内された。

蔵は当時そのままだそうである。ただし、

「おっと、足元に気をつけて。落とし穴がありますから」

と、注意された。

「落とし穴をつくったかい？」

「若狭組の蔵に頑丈な鍵をつけても破られたんです。せめて、何か加えないと、いつまでも安心できません」

ここを通るには、板を渡さなければ通れない。その板を店のほうから持ってきて、上に置いた。

「さあ、どうぞ」

と言って、鍵を開けた。扉は二重になっていて、中の鍵のほうが外の鍵より大きくいかめしいつくりである。

「破られた鍵はどこで買ったんだい？」

「鍛冶町にある鍵清という大きな店で買ったものでした。これよりもさらにがっちりしたものでしたよ」

「その鍵は、いまもあるかい?」

「いいえ。あれは、泥棒が持っていったのですよ。だから、あのとき、本当はお前が鍵をかけ忘れていたのではないか、などとも言われたのです」

泥棒がわざわざ破った鍵を持っていくというのもおかしなものではないか。よほど見られたくなかったのだ。だが、これまでの調べでは誰もそこには着目しなかったのではないか。

――なんかあるぞ。

藤村の胸の奥がざわつきだしている。

上を向いた。若狭組の仕事の印である鬼瓦のかわりの福の神が、笑みを浮かべて町並を見下ろしている。

――嫌な笑いだ。

と、藤村は思った。金をにぎって急に機嫌がよくなったような、神ではなく人間の笑いだった。

三

そのあと、永堀町の頑丈屋に顔を出した。代吉はまだ嫁をもらっていないとかで、二間半の店先に座っていても、どことなく貫禄がない。嫁の世話をしてくれる人も出てきてはいるが、なんだか勧《すす》める人の下心が感じられて駄目なのだという。好いて好かれてという嫁取りに憧れているらしいが、そのためにはもうすこし図々しくなる必要がある。

若狭組についてくわしく訊ねようとしたら、おりよく、

「明日、若狭組の仕事がある」

というので、その仕事の現場をのぞかせてもらうことにした。どうも若狭組というのが気になって仕方がない。

「かまいませんが、明日の現場は遠いですよ」

「どこでえ？」

「王子村です」

「なんでえ。狐の出るところかい」

いちおう文句はつけたが、朝、早くに初秋亭を出て、永代橋を渡り、神田、湯島、本郷、駒込と抜けて、飛鳥山《あすかやま》を越え、王子村にやって来た。花見と紅葉のころに一度ずつ来たことがあるが、新緑のころは初めてである。遠いといっても、飛鳥山のところに日本橋から二里の一里塚があるくらいで、歩き慣れた藤村にとっては、そうたいした距離ではない。

王子の質屋がこのところ繁盛していて、蔵を建て替えたのだという。狐にだまされるわけでもなかろうが、料亭で金を使いすぎ、帰りに質草を置いていくという例が、このところ増えているらしい。

店は有名な王子稲荷の半町ほど手前にあった。

さりげなく周囲を歩いてみると、裏手は土手になっていて、ちょうど蔵の前がよく見下ろせるところがあった。藤村は、太いけやきの木の後ろ側にひそんだ。

質屋のあるじ、若狭組の棟梁、代吉の三人が、蔵の前にいた。屋根では福の神が、例の嫌な笑いを浮かべている。

背に「若狭」という文字が入った半纏《はんてん》を着た若狭組の棟梁というのは、恐ろしく背が高く痩せた男だった。目つきは鋭く、上からあの目で見られたら、上空から鷹に睨まれているような気がするのではないか。

——あいつはワルだぞ。

長年の勘で、藤村はそう思った。

いくつになっても悪の魂が抜けないやつがいる。仕事もうまくいき、金もでき、周囲の信頼も勝ち得て、むしろ善人として生きたほうが自分もずっと得をするとわかっていても、どこかで悪だくみに首を突っ込んでしまう。

あれもそうだと思った。

質屋のあるじに、棟梁の手から錠前と鍵が一つずつ、渡される。頑丈屋の鍵は封がしてあり、試すにはこれを破らなければならないのだ。それは、代吉自身が破って渡した。

あるじは扉に錠前をかけ、いったん締めてから、鍵を使って開けた。

「いいじゃないか」

と、満足げに言った。

「いいでしょう。この人のは頑丈なだけでなく開くときの音もいい」

「これでいいよ」

「そう言わずに、いくつか試したほうがいいですぜ」

と、棟梁が言った。

代吉がうなずき、手に持っていたあと二つの鍵を見せた。

あるじは片方を取り、同じように掛かり具合などを確かめた。相手が気に入るかどうかわからないので、三つほど持っていき、うち一つを選ぶのだとは、道々、代吉から聞いていた。

このときだった。

若狭組の棟梁が、あるじからも代吉からも見えないように、さりげなく二人の後ろに回った。ここから見ればいかにも怪しいそぶりだった。そして、懐から取り出したものに、すばやくさっき使った鍵を押し付けた。

――粘土だ。

藤村はじっと見つめた。鍵の型を取ったのだ。

型を取った鍵は、質屋のあるじが別のものを確かめているうちに、さりげなく代吉にもどした。むろん、代吉はほめられて満足げな笑みを浮かべ、鍵の型を取られたことなどまったく気づいていない。

――あの、野郎。

藤村はののしりつつ、意外な大物がひっかかってきたのを喜んでもいた。

「そうか。合鍵をつくるのか」

と、夏木が言った。王子からもどって初秋亭に来ると、夏木と仁左衛門が来ていて、すぐに事情を話した。

「そこで売れなかった錠前はもう一度、頑丈屋で封をしたうえで、鍵清に卸されるのさ。錠前には、あとで合鍵をつくる羽目になったときなどに備え、一つずつ番号が刻まれているそうだ。だから、鍵清で売れた錠前は、ひそかにつくられた合鍵のほうもわかるようになってるのさ」

「まともには開けられない頑丈屋の錠前も、合鍵があれば楽なもんだな」

と、夏木は感心した。

「それで、鍵清の鍵を買ったところで、なおかつ若狭組がつくった蔵に泥棒に入るって手順か」

と、仁左衛門は言い、

「泥棒はもちろん、若狭屋と鍵清とつるんでいるわけだよね？」

「そういうことさ」

と、藤村がうなずき、

「合鍵があるだけでなく、蔵のつくりもくわしくわかってるんだ。どこから忍びこめばいいかもお見通しだろう。しかも、鍵清の錠前は、じつは頑丈屋の錠前だから、自分のところは疑われることはないというわけだ」

破られないと評判の頑丈屋の錠前は、鍵清や若狭組から目を逸らせるための隠れ蓑のようになっているのだ。

「じゃあ、次はその王子の質屋が狙われるんだね？」と、仁左衛門が訊いた。

「いや、それはちがうな」

と、夏木が口をはさんだ。

「どうしてだい、夏木さま？」

「そんなに若狭組の蔵が狙われていたら、若狭組の周辺が疑われるに決まっている。合鍵の型が取れたところをすべて盗みに入るわけではないのだろう」

「そういうことさ。若狭組だっていっぱい蔵を建てる。年に二十や三十ではきかないかもしれねえ。鍵清が売る頑丈屋から仕入れた錠前はもっと多い。だから、この組み合わせはいっぱいできるが、怪しまれないためには、数をしぼり、これだというものを狙うんだ。たぶん年に一度、やるかやらないかってところだろうな」

と、藤村は推量を語った。けっこう手の込んだ悪事なのである。

「藤村。これはわしらの手に負えることではないな」

と、夏木が言った。

「もちろんだよ。それに奉行所でも追いかけてる」

「藤村さん。これは康四郎さんに教えてあげたらいい」

と、仁左衛門が言うと、

「そうだ。手柄にさせてやれ」

夏木もすぐに賛成した。

「いや、そんなことはしねえほうがいいんだ」

と、藤村は眉をひそめた。

「なんでだい？」

「てめえで立てた手柄じゃなきゃ、嬉しくもねえし、ほんとの自信にはならねえもの。親に助けてもらって喜んでるようじゃ、ろくな同心にはならねえよ」

それは康四郎を同心の見習いにさせてから、ずっと押し通してきたことだった。そのため、加代にも冷たいとなじられたりした。だが、いまも、その気持ちに変わりはない。

藤村の父が逆に、やたらといつまでも倅の手助けをしたがる人だった。倅のために頭を下げてまわり、倅にはこまごまと経験話を語った。それだけに、自分とは異なる考え方には、露骨に眉をひそめ、説得しようとした。そういう子煩悩な自分に満足もしているようだった。倅が内心で、そうした計らいを喜んでいないと知ったら、さぞかし落胆しただろう。いや、むしろ親の心、子知らずだと激怒したのではないか。

だが、藤村が親の心を知ったいまでも、求められたならともかく、やはり子どもへの過剰な手助けなどは小さいうちで充分だと思っている。

所詮、人間は親とは別の人生を生きていかなければならない。

その峻厳な事実に、答えのすべてが入っているはずだった。

「でも、誰かには告げなくちゃならないだろ。そしたら、深川を回っている康四郎さんに教えても、当たり前じゃないか。それで、誰も文句を言ったりはするもんかね」

仁左衛門は口をとがらせた。

「そうだ。藤村の気持ちはわかるが、人間は適当にやることも大事だぞ」

と、夏木がいかにも夏木らしい意見を言った。

「考えとくよ」

藤村がそう言ったとき、部屋の隅に置いてあった木箱の中から、

「みゃっ」

と、小さな鳴き声がした。

「なんだ、いまのは？」

「じつはな……」

夏木が照れたような顔をした。

「わしが飼おうと思ってるのだ」

「夏木さんが猫を？」

箱の中を見ると、小さな黒猫がいる。生まれたてではなく、足もしっかりしてきている。

「昨日、頼まれていた猫を見つけたが、縁の下で三匹の仔を産んでいたのだ。うち、二匹は飼ってくれるところが見つかったが、こいつが黒猫で人気がないのか飼う人が見つからないのさ。それでわしが飼うことにした」

「へえ」

と、藤村は呆れた顔をした。前に鮫蔵が目の見えない仔猫を助けているのを見かけたことがある。今度は夏木が猫助けである。どうも、猫というのは、抱かれてもさまにならないような男を選んで魅了してしまうらしい。

「でも、なんか変だぜ」

藤村は笑った。

「何が変なものか。ほら、こうして見るとかわいいだろうが。なあ、猫ちゃん」

「げっ、やめてくれ。気味悪いよ」

と、藤村は頭を抱えた。


その翌朝――。

夏木は屋敷に連れ帰った仔猫の姿を探して、

「黒兵衛《くろべえ》や。どこだ」

と、押入れを開けたり、屏風の陰をのぞいたりしていた。さっきまで夏木夫妻の居間にいたはずなのに、姿が見えなくなってしまった。まだそれほど遠くには行けないはずである。庭に出たりすれば、カラスに襲われかねない。

「黒兵衛、黒兵衛」

われながら猫撫で声とはこのことかと思う。この猫が牝《めす》だというのは、「黒兵衛」という名前をつけたあとで気づいた。

「牡も牝も確かめずに、生きものを飼いますかね」

と、志乃には揶揄《やゆ》されたが、どっちでもよかったのだから仕方がない。こうして飼ってみて、生きものの仔はこれほどかわいいのかと初めて知った。

以前、面倒を見ていた芸者の小助が飼っていた猫をまちがって押し潰したことがある。あのときの感触はまだ身体に残っていた。かわいそうなことをしたものである。せめてもの罪滅ぼしに、この猫は大事にしてあげたいと思った。

「黒兵衛。遠くに行くと、もどってこられないぞ」

そう言ったとき、廊下の奥にちらりと小さな影が見えたような気がした。

「なんだ、そっちに行ったのか」

だが、廊下の先に行ってみると、猫の姿はなく、角の先にはまた、長い廊下がつづいている。

仔猫を探すうちに、屋敷の中でもほとんど足を踏み入れていないあたりに来た。ここらは女中たちがうろうろしている一角で、夏木がこのあたりにいるのを志乃にでも見つかったら、「誰かお気に入りの女中でもおられますか」などと痛くもない腹を探られそうである。

竹林を描いた襖の向こうで、かさこそと音がした。

「ここだったか」

と、夏木がいきなり襖を開けると、

「きゃっ」

女の悲鳴がした。

「おっと、すまぬ」

と、慌てて戸を閉めた。十畳ほどの広さだったか、そこで女たちが裁縫をしていたのだ。三人いたような気がする。屋敷の女中たちだったか？　だが、引き返そうとして、足が止まった。

――待てよ。

何かおかしな光景だった気がした。あるはずのないものが、そこにあったような感じがした。

今度はそろそろと襖を開け、部屋の中にいた女たちの顔をもう一度、見た。志乃がしまったという顔をして、こっちを見ていた。

もう一人は知らない女だが、志乃の右手にいる女は明らかに見覚えがある。小づくりの顔で、理知的な鋭さが感じられる。

「加代どの……」

藤村も康四郎も、どこにいるか知らないとひそかに探している加代が、あろうことか夏木の屋敷にいた。燈台もと暗しとはこのことだろう。

「見つかってしまいましたか。お邪魔しておりました」

加代が三つ指をついて、丁寧なお辞儀をした。

四

「なんでえ、おめえもここを知ってたのか？」

藤村がこのところ行きつけにしていたうどん屋に、倅の康四郎が入ってきた。

下っ引きの長助もいっしょである。

「番太郎に聞いたんです。うまいうどんだって。力うどんが餅も大きくて、腹がくちくなるそうですね」

「ああ。これだよ」

と、餅を箸で持ち上げて見せた。ふつうの餅の二倍ほどの大きさである。

康四郎は長助とともに、藤村の前に座った。このあいだまでは離れた席についた。新しい女ができたせいか、入江かな女のことについてのこだわりは消えてきているのかもしれない。

康四郎と長助が頼んだうどんがくるあいだ、藤村は気になっていたことを訊いた。

「長助。最近、鮫は家に帰ってきたのかい？」

「いや、まだなんです。今度は長いですね」

鮫蔵はときどき姿を消す。めずらしくもないことで、長助もそのことではたいして心配はしていないらしい。

「どこに行ったんだよ？」

「浅草にもぐってるみたいなんです。げむげむの信者のふりをして」

やはり、げむげむを追いかけているのだ。この前、菅田が言っていたように、奉行所ではげむげむの連中に対してそれほどの敵意も警戒心も持っていないのではないか。鮫蔵は孤軍奮闘しているのだ。

「信者のふりだと？　鮫蔵はばれるだろうよ。あんなに目立つやつもそうはいねえぞ」

「ところが、うちの親分は意外に変装がうまいんです」

「あれが？　いったい何に化けるんだよ」

藤村が訊くと、長助は笑って、

「田舎の相撲取りだと言っているのは聞いたことがあります」

と言った。

言われてみるとまさにぴったりで、四股を踏む鮫蔵の姿まで浮かんできた。

「まったく笑わせてくれるぜ。鮫蔵に手柄をやろうと思ったがしょうがねえ。おめえらに手柄をやるか」

「手柄？」

康四郎がうさん臭そうに藤村を見た。

話したのはもちろん、若狭組の蔵と、鍵清の鍵のことである。

「長助。手柄はお前にやるよ」

おやじの藤村慎三郎がうどん屋から出ていくとすぐに、康四郎はそう言った。

「なんでだい」

「おいらはおやじから手柄なんざもらいたくねえ」

と言って、康四郎はうどんをずっとすすった。

「ははあ。反抗心かい」

と、長助は箸を止め、からかうように言った。

「そんなもんだろうな。でも、あのおやじはおいらがこれで手柄をもらおうものなら、きっと馬鹿にすると思うぜ。そういうやつなんだ」

「へえ。そこらへんの気持ちはよくわからねえな。おいらのおやじは早くおっ死んだからさ、反抗する気持ちが芽生える前にね。でも、康さんだけじゃなく、いろんなやつを見てると、やっぱり倅はおやじに反抗しながら、大人になっていくよな」

「そうじゃなきゃ、倅はおやじを超えられねえし、進歩ってものもねえ」

と、康四郎は長い人生を経験したような顔で言った。

「ああ。だから、倅が反抗する前におっ死ぬおやじなんていうのは、やっぱり馬鹿だと思った。そりゃあ、もちろん、世の中にはどうしようもねえ死に方はある。いくら気をつけていても、持っていかれる命はある。でも、うちのおやじは酒を浴びるほど飲んで、てめえで命を縮めたからね」

「そうだったかい」

「ま、いまは鮫蔵親分がおれのおやじみてえなもんだ。でも、親分がまた命知らずだから、危なくてしょうがねえ」

「鮫の親分、いまの長助の言葉を聞いたら、喜ぶだろうな」

康四郎がそう言うと、

「どうだか。うちの親分も、康さんのおやじといっしょでひねくれ者だから」

と、長助は笑った。

頑丈屋の祝いの席は、永代寺門前にある小ぶりの料亭の二階でおこなわれた。最初の予定よりはすこし減って、十五人ほどの客が招待され、深川芸者も三人ほど、客のあいだに入っていた。絶対に間《ま》が持てなくなるから、金はかかっても芸者は入れろと、仁左衛門が忠告したことだった。藤村はその中に、招待された客のような顔で座っていた。

「……それが、十年前のことであります。おやじも心配しましたし、わたしも大変に不安でした……」

代吉の挨拶は始まっていた。稽古の甲斐があって、なかなか上手にやっている。たどたどしくはあるが、むしろそれが代吉の誠実さを感じさせる。挨拶がうますぎれば鍵もかんたんに開くように思われてしまうだろう。

「だが、蔵づくりで有名な若狭組の棟梁が、わたしの錠前を使うよう、勧めてくださり、また、棟梁のご友人でもある鍵清さまも、わたしの錠前を店に並べて売ってくださり……」

若狭組の棟梁と鍵清は、離れた席についていたが、すばやく目を合わせ、二人とも眉をひそめた。

挨拶の文句は、藤村たちがいろいろと忠告し、変えさせたものになっていた。だから、若狭組の棟梁と鍵清のあるじは、知らない者同士ということになっていたのが、知っている者同士になっている。

しかも、鍵清で売ってはいるが、じつは頑丈屋のものだという秘密もばらしてしまった。

「……本日は、ごゆっくりおくつろぎいただければと存じます」

挨拶が終わると、棟梁が待ちかねたように代吉のそばに寄り、外の廊下に連れ出した。それを見て、すぐに鍵清のあるじもあとを追った。

「もう、おめえのところの品は使わねえからな」

と、棟梁が真上から背の低い代吉を睨みつけた。

「おれんとこもそうだ。言うなと言われたことを、ぺらぺらしゃべりやがって」

「で、でも……」

「おい、待て」

頑丈屋は、なんのことだかわからない。唖然として、口をぱくぱくさせた。

「何ぃ？」

二人が振り向いた。

「いいんだよ、代吉。おめえのところは、こんなやつらの手助けを借りなくても、もう充分やっていけるんだから」

と言いながら、藤村が近づいた。

「なんだ、てめえ」

若狭組の棟梁が上から凄んだ。

「なんでえ、サンピン。すっこんでろぃ」

鍵清も、大店のあるじとは思えない、すさんだ目つきで睨んできた。

「いきがるな。おめえらのやり口はもうわかってるんだ」

「なんだと」

「頑丈屋のつくった錠前から合鍵の型をとり、鍵清でそれを売る。若狭組でつくった蔵と、合鍵のある錠前なら、押し入るのはかんたん……」

そこまで言ったとき、若狭組の棟梁の長い足がすばやく動き、膝が藤村のみぞおちあたりに叩き込まれた。喧嘩慣れしているのは予想できたが、まさかこの場で乱暴をするとは思わなかった。

「ぐふっ」

身体が前に折れ曲がり、たまらず膝をついた。

その顔にもう一度、膝蹴りが入った。

鼻に嫌な音がして、血がぱっと散った。

——しまった。

声をあげる前に、殺されてしまうかもしれない。

「長助……」

言おうとした声が、横にふっ飛んだ。こぶしで頬を撲《なぐ》られたのだ。頭の中身が耳からいくらか飛び出たかもしれない。

藤村はあらん限りの力をふりしぼり、若狭組の棟梁の足の脛《すね》にからみつき、肩を使って押すようにした。

「てめえ、この野郎」

喚《わめ》きながら、棟梁は身体の均衡を失い、横倒しにひっくり返った。

どん。

と、凄まじい地響きがして、建物が揺れた。

「どうしました？」

「父上！」

長助と康四郎が下から駆け上がってきたのがわかった。

五

しばらくのあいだ、藤村慎三郎の顔は牡丹餅《ぼたもち》のように腫れ上がり、紫色になっていた。ものを嚙むこともできず、糊のようになった粥と、のびきったうどんだけしか口にすることはできなかった。もっとも、夏木や仁左衛門に同情されると、

「どっちも大好物だ」

と強がりを言った。

さすがにみっともないので、五日ほどは八丁堀の役宅に籠《こ》もった。幸い、骨折だけは免《まぬが》れたらしく、ずっと冷やしているうち、すこしずつ腫れのほうは引いてきた。

籠もっているあいだに、康四郎が伝えてくれたのだが、若狭組の棟梁と鍵清のあるじのほかに、もう一人の仲間もすぐに捕まったということだった。

もう一人は、鳶職の弥太郎《やたろう》という男だった。この男が盗みの実行犯というわけである。鳶だから当然、身は軽く、しかも若狭組の棟梁から蔵の侵入経路について助言されるため、ほとんど失敗はありえない。合鍵を使い、易々《やすやす》と蔵をこじあけ、金

を盗んだ。

　金は三人で山分けにしていた。

　奉行所の誰もが首をかしげたのは、三人ともしっかり身を立てていて、泥棒などする必要はまったくないということだった。なぜ、いまさらそんな危険な真似をしなければならないのか。しかも、盗み出していた金も、三人ならまともな仕事でも稼ぐことができるような額だった。

　それについては、三人のうちの一人がこう言ったのだという。

「わからねえですか。ま、あっしらも馬鹿だとは思ってましたがね。ただ、おれたち三人が育った長屋を見ると、なんとなくわかってもらえるかもしれませんよ。あそこは昔とほとんど変わっちゃいねえから」

　三人は、同じ長屋に生まれ育った幼なじみ同士だったのである。

　では、そうしたつながりから、協力しないと許されないような脅しの関係があったのかと疑われたが、それもないのだという。

「むしろ、思い出したように悪事をおこなうのが、三人の友情のあかしのようなものになっていたみたいです」

　と、康四郎が首をかしげながら言った。

「ふうん」

藤村はまだ鼻血が詰まっているような声で、そう言っただけである。

役宅に籠もって三日目に、加代がちょっとだけ家にもどってきた。康四郎から事情を聞いたらしい。寝ている藤村の顔をちらりと見て行っただけである。やさしい言葉は何一つなかった。

夏木と仁左衛門は、ほぼ毎日のように見舞いに来てくれるが、夏木によれば驚いたことに、加代は夏木家に隠れていたらしい。

しかも、どうやらもう一人いるのは、七福仁左衛門のところの嫁らしいというのだった。

「おちさはもう、それほど意固地ではなくなってるので、たぶんもうじきもどってくるよ。それより、あっしは藤村さんのところが心配だ。早く詫びを入れて、もどってきてもらいなよ」

と、仁左衛門が枕元で言った。

「別にもどらなくてもかまわねえ」

と、藤村は布団の中で言った。かな女のことではちっと間抜けな失敗はしたが、出ていかれるほどひどいことをしたとは思っていない。

だが、こうして役宅に横になっていると、加代のすこしせかせかしたような足音が聞こえてこないのが物足りないような気がするのは不思議だった。

役宅に籠もってから六日ほどして――。

藤村は床《とこ》を出ると、一人で深川まで行ってみることにした。康四郎は奉行所に出ていて、誰も止める者はいない。

向から先は、深川の蛤町である。そこに、若狭組の棟梁たちが育った長屋があるそうで、そこを見てみたかったのである。

――顔の腫れや痣《あざ》などいつまでも気にしてはいられねえ。

とは思ったが、いちおう笠をかむった。だが、何かの拍子にぎょっとした顔でのぞきこまれたりした。

蛤町はここで将軍に蛤を献上したことがあったから、こう呼ばれるようになったという。

蛤町も奥の奥である。

ここらは十五間川をはさんで、永代寺の裏手になるが、人の墓場ではなく、家の墓場、人生の墓場を思わせた。

足元はぬかるみ、ひどい臭いがする。

かつてこのあたりを埋め立てたとき、よほど土盛りが少なかったのか、踏みしめるとじわりと沈み、黒い水がにじんだ。あまりにも足元が悪いところには、しじみやあさり、はまぐりの貝殻がまき散らされていたが、そのようすがさらに、一帯をごみためのように見せていた。

路地をくぐるのに、身を小さくしなければならない。

藤村の足が止まった。

そこが行き止まりだった。抜けることができないどんづまりだった。

海へび長屋――大家も怖がって滅多に立ち寄らないというこの長屋は、いつからともなくこう呼ばれるようになったという。

深川には独特の情緒があるといわれ、日本橋界隈の通人たちにも贔屓にされがちだが、情緒なんぞがあるのは表面だけなのだ。

裏の顔はこのざまだった。

泣き声が聞こえたと思ったら、風の音だった。行き場を失い、軒先を舐めて回る音だった。だが、始終、どこかから泣き声が聞こえていたとしても、この長屋なら不思議ではなかった。

——そうか。ここで育ったのか。

同じ幼なじみの三人というので、藤村はひどく気になったのだった。

——おいらはいつもこんなふうに余計な道草を食う……。

同心のときからそうだった。だから、見なくていいことまでずいぶん見てしまった。康四郎にもそんなところがあるのかどうかはわからない。

いまも、見なくていい場所を見ていた。

幼なじみとはいっても、友情をはぐくんだ場所はまるでちがっていた。藤村たちの友情がはぐくまれたのは、あの大川の悠々とした流れの中でだった。ここは、風の流れさえも行き止まり、よどむところだった。

ここで育った知恵も度胸もある若者たち。それが、どれほどの苦労をしたのかはわからないが、おそらく互いに協力し合い、それぞれかなりの成功を収めた。

だが、そのあともまだ過去のワルを引きずるというのは、ひどく悲しいことではあるけれど、

——腑に落ちることだ……。

藤村慎三郎は、どんづまりの長屋の中でそう思っていた。

第五話　金狐の首

一

小雨が降りつづいて、変に肌寒い夜だった。死んだ狐でも背負っているような気がして、七福仁左衛門は悪い風邪でもひいたのかと思ったが、いっしょにいる雅兵《まさべ》衛《え》も寒そうにしている。

「面白いらしいんだよ、仁《じん》ちゃん」

「そうは思えないよ」

「いや、絶対、面白いんだ」

自分を納得させるようにそう言った雅兵衛というのは、つぶれたほうの七福堂の一軒隣りにある質屋〈我楽多堂《がらくたどう》〉のあるじである。

仁左衛門とはほぼ同じ歳である。が、幼なじみとは言えない。仁左衛門が大人《おとな》になってから隣りに引っ越してきたのだ。

質屋というよりも骨董屋、いや、名前のとおりのがらくた屋である。まさにがらくたを質草《しちぐさ》にして、小銭を貸すような商売で、つぶれないのが不思議なくらいだが、これがそこそこ儲かっているらしい。雅兵衛いわく、「質流れのがらくたの中に、たまに百倍以上になる掘り出し物がある。そのおかげなんだ」そうだ。

雅兵衛は、表情のない、とぼけた顔をしている。これは、掘り出し物をしらばくれて安値で買うための顔で、訓練によってできた顔らしい。そういう嫌な訓練をする性格というのがまた、くだらないと仁左衛門はひそかに思っている。

「あんただって知ってのとおり、あっしは倅ができたばっかりなんだから、いまさら怪しげなものは見たくないよ」

「そう言うなよ、仁ちゃん。付き合いは大事だぜ」

「それはわかってるが……」

今日だって、晩飯のあと、町役人の通達を届けに行ったところを、「ちょっ、ちょっ、ちょっ、仁ちゃん、ちょっとだけ」と袖を引かれ、ここまで連れてこられたのである。

「だいたい、質屋の集まりなんだろ」

「そんなのはいいんだ。みんな言い訳にしてるだけなんだから」

女房にそう言って、怪しげな見世物を楽しもうというわけなのだ。雅兵衛の女房というのがまた、町内でも屈指の恐ろしい女房で、なんでも「持ち込まれたがらくたで、流そうと思っていたら流れなくなってしまった」のだという。そういうことを吹聴《ふいちょう》してまわるから、女房だってますます恐ろしくなったのだろう。

「そこだよ」

「なんでえ、辰巳《たつみ》稲荷じゃねえか」

海辺にある小さな、古い稲荷である。もうすこし先にある洲崎《すざき》弁天社のほうが、江戸でも指折りの名所として栄えているのに、こっちはすっかり落ちぶれている。本殿などもぼろぼろで、またいったん落ちぶれると、賽銭《さいせん》なども滅多にあがらなくなるらしく、落ちぶれ具合に拍車がかかってくる。

境内《けいだい》なども、もっと広かったはずなのに、見るたびに狭くなっている気がする。別にどこか一部を切り売りしたというのではない。周囲の建物や庭が、それぞれひと月に一尺（三〇センチ）くらいの割合で、徐々に侵出してきているのだ。

「こんなところで、何やろうってんだよ。お化けの宴会でふさがっちゃってるんじゃないのかい」

「何やるかわからないから、楽しいんじゃないか」

ここの狐の石像は、やけに細身で、夜に影だけを見ると、トカゲが中腰になっているように見えたりする。気味が悪いのだ。

本殿ではなく、わきにある神楽殿《かぐら》のほうで、それはあるらしい。階段の前で雪駄《せった》を脱ぎ、それを手に持ったまま、中へ入った。ほとんど真っ暗でよく見えない。むっと人いきれを感じるから、すでにいっぱいらしい。前に行こうとして、まちがえて誰かの足を踏み、

「おれはアリじゃねえぞ」

と、叱られた。仕方ないので、この場で雅兵衛と並んで座った。しだいに目が慣れてきた。八畳間ほどの広さで、そこに入っているのは二十人くらいか。

明かりはほとんどない。小さなろうそくが隅に一本あるだけである。

「神主がやってるのかい？」

と、仁左衛門が雅兵衛に訊いた。ここの神主は何度か見たことがある。いつもっすら無精髭が生えたような、おごそかな感じとか、霊験あらたかといった感じがまったくしない人物だった。境内に来る香具師《やし》かと思ったくらいである。

「あっしはまったくわからないんだ」

と、雅兵衛は答えた。

だが、まさか神主が知らないわけはない。いざというときしらばくれるため、どこかに隠れているのだろう。

まだ待たされるのだろうか。

「ああ、もう帰りたいよ」

と、仁左衛門は聞こえよがしに言った。今日は昼間買っておいた新しい玩具で、耳次《みみじ》と名づけた赤ん坊とたっぷり遊ぶつもりでいたのだ。耳次とは変わった名だが、赤ん坊の耳のかたちが福耳でかわいかったのでつけた。鯉右衛門が生まれたときは、眉のかたちがよかったので、眉太郎にした。どんな名にしろ、七福堂では大人になるとなんとか衛門として箔をつけることになる。

すると、仁左衛門の声に反応したように、
ぴいぴい、ちーん。

と、笛と鉦《かね》が鳴った。ざわざわしていた中の雰囲気がさっと緊張した。

ぎぎぃっと音がして、正面の戸が開き、髪の長い女が入ってきた。

「本物の巫女《みこ》かな、仁ちゃん?」

と、雅兵衛がかすれた声で訊いた。

「どうかな」

仁左衛門は気のない返事をした。本物のときもあれば、贋物のときもあるはずである。本物だからといって、驚くには値《あたい》しない。だいたいが、江戸の神さまや仏さまには、下半身のこともくっつきやすく、だから門前に岡場所ができたりする。春を売る巫女なんぞ、いくらもいたりする。

本物かどうかはともかく、この巫女が美人だというのは、顔の影を見ただけでもわかる。小さな顔で、鼻の線がすっきりしている。

笛の音は、この巫女が咥《くわ》えていた小さな竹笛のものだった。鉦も手に持っていて、それも自分で叩いた。

白い着物に赤い袴をつけている。それがやけに薄い布地で、かすかなろうそくの明かりにも、身体の線がくっきり浮かんでいる。中は素っ裸というのも、すぐにわかった。

ごくり、ごくり。

と、唾を飲む音が方々でした。仁左衛門の喉まで大きな音を立てたのには、自分でもびっくりした。

巫女は見物客の正面に立ち、そしてしばらく動かなくなった。

客はみな、なにごとかと、固唾《かたず》を飲んでいる。

ようやく巫女は動き、持っていた笛と鉦を隅に置き、そこに立てかけてあった剣を取った。剣は二尺ほどの小ぶりなものである。

巫女は突然、剣の鞘《さや》を払った。鞘はわきに投げつけられ、ばぁんと凄い音が響いた。この音だけでも、肝をつぶした客がいた。

刀ではない。鍾馗《しょうき》さまだとか、大昔の神さまが持っているような、両刃の剣である。

これをひょいひょい振りまわしながら踊りはじめた。

この世はでたらめ　うその国
早くおさらばするがよい
てんつくてんつく　天天鬼

巫女が振っている剣はどうも真剣のように見える。殺気がまき散らされている感じがするのだ。

身体を大きくのけぞるようにした。すると、すぅっと上半身の薄物が身体から離れて下に落ちた。かたちのいい乳房の影が見える。

客の首がぐっと前に突き出る。そこを剣の刃先がかすめる。おっとっと、と首をすくめる。

裸は見たいが、剣は怖い。

てんつくてんつく　天天鬼
天天鬼が　歩きだす
お狐さまを　奪うのは誰じゃ
成敗するぞ

「成敗するぞ！」

歌がいきなり怒声に変わった。甲高い、狂気じみた声だった。

剣が横に走った。

いちばん前に行儀よく座っていた男の首に叩きつけられる。

まわりにいた男たちが思わず首を縮めた。

首がごろりと落ちた。上体は座ったままである。

「うわあっ」

悲鳴があがった。

「次は誰だ！」

と、巫女が客に向かって怒鳴った。

「ひえっ、逃げろ」

どっと出口に殺到した。階段から転げ落ちる者もいる。手をついて四つ足になって逃げる者もいる。もはや、逃げることだけに夢中で、なんで逃げているのかすらわからなくなっている。

仁左衛門も境内を這うように飛び出し、一町近く逃げたところで、いっしょに来た雅兵衛が立ち止まった。

「仁ちゃん、待ってくれ」

「どうした？」

「あそこに忘れ物をした。さっきもらった町役人の通達」

「そりゃまずいよ」

とは言ったが、引き返したくはない。しばらく立ち止まっていた。ここらまで逃げて来ると、他の連中も落ち着きを取り戻したらしく、歩みもゆっくりになっている。だが、引き返していく者は見当たらない。

仁左衛門もいくぶん勇気を盛り返してきた。初秋亭の仕事で、さまざまな怪事件と向き合ってきた。そこらの男よりは……という気持ちもある。

「しょうがねえ、行くか」

「やっぱり仁ちゃんはやさしいや」

とはいえ、足取りは重い。

あの巫女は人間ではなく、物の怪《もののけ》だったのではないか。闇の方々に物の怪の目が光っているような気がする。足ががくがくする。

境内に入ったところで、両手に玉砂利を握った。何か出てきたら、ぶつけて逃げるつもりである。

神楽殿の戸は開きっ放しである。それはそうだろう。最後に逃げたやつがちゃんと戸を閉めるなどという決まりはない。

「あるか？」と、仁左衛門が訊いた。

「あそこにあるよ」

「取って来いよ」

「頼むよ、仁ちゃん」

いっしょに来いと、仁左衛門の袖を引く。

そろそろと神楽殿に近づき、中をうかがう。

「そんな馬鹿な……」

中には誰もいないではないか。死体は消えた。血のあとさえない。

本物の首だったのか？

なにせ、皆、いっせいに逃げた。いまとなってはわからない。

雅兵衛が忘れたものを取った。がたん、と音がした。

「ひえっ」

二人はまたしても駆けだしていた……。

二

「あっはっは、そりゃあとんだ目に遭ったたな」

と、夏木権之助は愉快そうに笑った。

「いや、夏木さま、ゆうべは笑いごとではなかったんだから」

あのあと――。仁左衛門は家にもどると、下手なことを言っても女房のおさとに叱られるだけだから、とにかく残っていたうどんをたらふく食って、頭から布団をかぶって寝てしまった。

朝、起きると、さすがに冷静になり、いろいろと腑に落ちないことが思い浮かぶ。そこでさっそく初秋亭にやって来たのだった。

この日は夏木も藤村も早く来ていて、二階で発句をひねっていたらしい。

「首がこう、ごろっと転がったんだよ」

「それは贋物だ」

と、夏木は決めつけた。

「なあ、藤村」

「ああ、贋物に決まっている。本物なら、仁左の顔にも血しぶきが降りかかっているぜ」

「そう言われりゃそうだ」

と、仁左衛門は自分の手や顔をこすった。ゆうべは湯にも入らずに寝たから、そのままのはずである。

「それに、非力な巫女が、そんなにすっぱりと首なんか斬れるわけがねえ」

藤村は笑った。このあいだの乱闘で腫れ上がった顔も、腫れはほとんど引いた。

だが、痣《あざ》のほうは鼻を中心にしてまだ大きく残っている。だから、笑うと相当に怖いが、それは夏木も仁左衛門も指摘しない。

「でも、物の怪だったってこともあるだろ」

「ああ、そうだ。そんなところに行ったからバチが当たったのだ」

と、夏木は笑いながら言った。物の怪説も取り上げる気はないらしい。

「じゃあ、あの首は？」

「人形に決まってるだろうが」と、藤村が言った。

「では、もしもそれが人形だったとしても、なんのためにそんなことをしなくちゃならないんだい？」

それがいちばんわからないのだ。落とし物はほかにもいくつかあったが、そのまま置かれてあった。まさか、そんなものを狙ったわけではないだろう。別に木戸銭を払ったわけでもないので、損もしていない。両国のお化け屋敷にタダで入ってきたようなものである。

「そんなことは知らねえよ」

「もういっぺん行って、訊いてくればよいではないか」

と、夏木が言った。

「それは気が進まないよ」

もうすっかり陽はのぼり、昨日とちがってよく晴れ、光が満ち満ちてはいても、やはりあそこには行きたくない。

「だいたいあそこの神社はこの数年、すっかり寂れていたではないか」

と、夏木が思い出したように言った。

「ああ、そうだ。あの、馬鹿面した神主もここんとこ見てねえな。堀にでもはまって死んだのかな」

と、藤村はひどいことを言った。

「いや、そう言えば神主のやつ、いやがったよ。いっしょになって巫女が踊るのを見て、首が落ちたらいっしょになって逃げてたもの」

あのときは気にとめなかったが、今朝になって振り返ったときに思い出したのだった。

「しょうがねえな」

「神主もそんなふうだったとすると、あいつが企んだことではないんだな」

と、仁左衛門は言った。だが、神主が仕組まなかったら誰がやるのか。単にあの巫女のいたずらなのか。

と、そこへ――。

「ごめんくださいまし」

下で声がした。

「あいよ」

仁左衛門は階段のところから身を乗り出して下を見た。

「こちらのよろず相談は、深川の住人でなければ駄目なのでしょうか？」

猫のように丸い目をした男である。歳は三十前後くらいか。

「いや。そんなことはねえよ」

「じつは、昨夜、向こうの辰巳稲荷に行きまして……」

と、震えた声で言った。

「えっ、あっしもいたんだよ」

と、仁左衛門は自分の鼻を指で押した。

「そうでしたか」

丸い目をした男は、同好の士でも見つけたように、嬉しそうな顔をした。

仁左衛門のあとから藤村と夏木も下に降り、この男の話を聞くことにした。

客があらためて名乗った。

「東湊町の一丁目で、〈上州屋〉という質屋を営んでおります若右衛門《わかえもん》と申します」

「やっぱり質屋さんかい」

と、仁左衛門が言った。質屋の集まりだとは聞いていたのだ。だが、同じ質屋といっても、着ている着物から見たって上州屋と我楽多堂の格のちがいは歴然としていた。

同じ霊岸島でも、東湊町というのは南の端にあたり、鉄砲洲の側である。仁左衛門たちの北新堀町とはずいぶん距離もあるのだ。

「それで、ゆうべのことだね」

と、仁左衛門が訊いた。

「ええ、あれには驚きましたよね」

「いまも、この人たちに話して聞かせていたのさ」

「あたしはもう、腰が抜けて、這うようにして家に帰りました」

「でも、夜が明けたら、だいぶ落ち着いただろ？」

「とんでもない。ますます震えあがりました」

「そら、またどうして？」

「お店の神棚に狐のお面を飾っておいたのですが、これがこう、額から顎のところまで、真っ二つに斬られてあったのです」

「なんだって」

三人は身を乗り出した。

「そのお面はゆうべ、かぶっていったりしたのかい？」と、藤村が訊いた。

「そんなことしません。店に置きっぱなしですよ」

「斬られる理由でもあるのかい？」また、藤村が訊いた。

「わかりませんが、あたしは霊岸島稲荷の氏子《うじこ》だから、場違いのやつが来たと怒っていたりして」

「そんな馬鹿な」

三人は笑った。

「あたしはもう怖くて駄目です。この手のことが苦手でして。申し訳ありませんが、どなたかあたしの家に泊まり込んでもらえませんか？」

「なんだ、そりゃ？」

と、藤村が頓狂《とんきょう》な声を出した。

「今晩から眠れなくなるに決まってますよ」

三人は顔を見合わせた。

夏木はずいぶん回復したといっても、よそへ泊まるというのは不安だし、志乃も許さないだろう。

仁左衛門はなにせ、かわいい我が子が家で待っている。すっかり子煩悩になったいま、これもよそに泊まるのは無理である。

となると、やれるのは藤村しかいない。

「おいらは、やだよ」

そんな、いかにもハッタリめいた化け物なんか、別段怖くはないが、この男の極端な怯えように付き合うのが鬱陶《うっとう》しい。

「あの……」

「なんでえ」

「なんだったら、あたしがこっちに来て泊まってもいいんですが」

と、上州屋はあきれたことを言いだした。

「あんたがぁ？」

「布団を持って来ますから、ここに並べさせてください」

「向こうに家族はいるんだろ？」

「いいえ、両親はあたしに家督を譲ったあと、根岸の隠居家に引っ込んでますし、こっちは通いの小僧がいるだけで、夜はあたし一人だけです」

「だって、誰もいなかったら泥棒の心配だってあるだろ」

「それがこちらといっしょでして、隣りが自身番でして」

ここに入るときに、隣りを見てきたらしい。

「そりゃあそっちも泥棒は入らねえな」

藤村は困った顔で夏木と仁左衛門を見た。

だいたいこれは初秋亭が引き受けるようなことなのか。人が殺されたりなんだりしたら、お上《かみ》が動くべきことである。

もちろん、神社の中のことだから、奉行所は手が出せない。寺社方の仕事になる。調べの依頼でもあれば動くだろうが、あったのかどうか。たぶん、それぞれに怪しげなものを見に行ったという後ろめたさがあるから、役所に届け出る者はいないのではないか。奉行所などというところは、内部にいる者が思うよりずっと、町の連中からは煙たがられ、嫌われている。

「今日はまだ、陽があるな」

と、藤村は外を見た。

「調べて、理由なり巫女の正体なりがわかれば、怖くはないわけだろ?」

「それはそうです」

と、上州屋若右衛門はうなずいた。

「しょうがねえな」

頭をかきながら、藤村は立ち上がった。

三

仁左衛門は午後、用事があるらしい。夏木が付き合うと言ったが、この数日、湿気のせいであまり動かないほうの足が痛むという話を聞いていた。

「ざっと見聞きしてくるだけだから」

と、藤村だけで回ることにした。

まずは、家で斬られていたお面というのが気になる。

「あんたのところに行こうじゃないか」

「はい」

東湊町一丁目に来た。裏手に入ると、ごちゃごちゃして、なんとなく物騒なところもあるが、将監河岸《しょうげんがし》に面した表通りはそんなことはない。新川沿いの酒問屋ほどではないが、海上の輸送を使う大手の問屋も軒を並べていた。

若右衛門の上州屋もそれらに負けない大きな店であるが、質屋がだいたいそうであるように、表向きは目立たず、裏のほうが蔵が立っていたり立派なつくりになっている。

店は開いていて、小僧が一人、ぽつねんと立っていた。

「旦那さま。もう五人ほど、お客さまがお出でになりましたよ」

「いいんだよ。旦那はまだもどらないと言っておけば」

商売はそっちのけらしい。

「それです、それ」

中に入ってすぐ、上州屋は右のほうを指差した。

神棚といっても、鴨居《かもい》の上ではなく、棚の中段ほどにあり、かんたんに手が届く。

斬られたお面はそのままになっていた。

よく見る狐のお面である。

紙を何枚も貼ってつくったのだろう。黄色っぽい地に、青や赤で目張りなどが描き込まれている。それが、真っ二つに割れていた。

「ふうむ」

斬り口を見る。まるで鋭くはない。ちょっとした小刀でも、これくらいには斬れる。

神棚のわきには格子がはまってはいるが、窓がつくられている。この窓をじろじろと眺めた。障子を閉めることはできるが、こんなものは外からでも開けられる。

実際、外に出て確かめた。

裏から障子を開け、手を差し入れると、斬られた狐のお面に触れた。これをそっと引っ張り出した。なんのことはない、子どもの手妻《てづま》よりもかんたんなことである。

横の窓なので、隣りの番屋からも見えない。

ゆうべ、若右衛門がいないと知っていたら、楽々とできたことだろう。

「物の怪だったら、こんなふうに窓から手を伸ばしたりはしねえよ」

「そら、そうですね」

と、上州屋は勿体《もったい》ぶったような顔でうなずいた。

次に、辰巳稲荷の神主に話を聞くことにした。

海沿いの土手の手前にある。ここらでふいに家並みが途切れた。

上州屋は昨日のことを思い出して、すでに足が震えている。

本殿と神楽殿と、境内にはもう一つ、くたびれきった建物がある。これが、神主の家である。

「おい、神主」

と、乱暴に呼んだ。

返事はない。

「ほら、いるのはわかってるぜ。いないふりしたって無駄だよ。早く出てきなよ。別にいじめようっていうんじゃないんだから……」

藤村が中に話しかけていると、

「いないのでしょう」

と、上州屋が言った。

「いるに決まってるじゃねえか。そこの隙間から、煙草の煙が洩《も》れているもの」

「あ、ほんとだ」

このやりとりを聞いたのだろう。

がたぴしと戸が開いて、神主が顔を出した。

「あれ。たしか町方の？」

「いまは隠居だよ」

「そうでしたか」

「そんなことより、てめえんとこで、ゆうべ、人殺しがあったらしいじゃねえか」

「大きな声でやめてくださいよ」

あわてて、中に招き入れた。

「ゆうべのあれだが、わしだって何も知らんよ。あれはあの巫女が神楽殿を一晩だけ貸してくれと言ってきたんだ」

「ここの巫女じゃねえのかい？」と、藤村が訊いた。

「知らない娘さ。巫女かどうかも疑わしいがな」

「首が落ちたっていうじゃねえか」

「あのときはわしもそう思った。だから、必死で逃げたくらいさ。だが、しばらく経ってもどったら、もう誰もいない。床をよく見たが、血の一滴もない。人形だったんだな。ただ、なんでそんなことをしたのか、さっぱりわからない」

「なんか、見当はつくだろ」

「いや。それがまったくつかないのだ」

ま、そこらはおいおいわかることだろう――と、藤村は思った。

いったん上州屋にもどると、小僧が店の前に立っていた。泣きそうな顔をしている。

「虎吉《とらきち》、どうしたい？」

「これが届いたのですが、旦那さまがいないので、どうしたらいいんだろうと」

書状を怖そうに突き出した。

持って来たのはそこらの子どもである。飴《あめ》玉一個で、どんなものでも持って来てくれる。

真っ赤な文字で、

「上州屋若右衛門へ」

と書いてある。それも、梵字《ぼんじ》のようなヘビの尻尾が集まったような、おどろおどろしい書体である。

一目でろくでもない内容の書状だとわかる。

「早く開けろよ」

「開けてくれませんか？」

と、上州屋は藤村に書状を差し出した。

「しょうがねえなあ」

藤村はそれを受け取って、すぐに開いた。

こっちの文字はふつうに書いてある。


蔵の中にある金狐を渡せ。

さもないと、金狐の首のかわりにお前の首を斬る。

これを読むとすぐ、上州屋は、

「やっぱりあれは怪しいものだったのか」と、言った。

「なんだよ。思い当たるものがあったのか？」

「いや、言われて思い出したのです。忘れてました」

「金の狐なんて、ほんとにそんなのがあるのかい？」

「あるんです」

「見せてもらおうかい」

「では、お客さまから預かったものを、蔵から出すわけにはいかないので、蔵に来てくれますか」

と連れて行かれた。だが、知り合ったばかりの男を蔵に入れるなんて、こっちのほうがよほど物騒な気がする。

「これです」

「重いな」

と言って、藤村は竹刀《しない》でも振るようにした。一尺はないが相当にずっしりとくる。

金の狐とは言うが、その金はずいぶん剝《は》げかけている。これを売り物にしても、そうたいした値《ね》はつかないだろう。

ゆうべの巫女の騒ぎは、今日のこの脅しの伏線だと考えられる。上州屋に恐怖感を与え、脅せばすぐに金の狐を差し出すようにさせた。

「めっきだね」

「そりゃそうです」

「どこから出たんだい？」

「見たことがない娘が持ち込んできたのです」

「娘が？」

「ところが、そのあと、金を持って、受け取りに別の男が来ました。ただ、金はあるが、受け取りの札がなかったんです。質札がなければ渡せないと言いました」

「そりゃそうだよな」

「ええ。けっこう脅されましたよ。また、こいつがいかにもうさん臭い男で、顔を見られたくないらしく、手拭いをこうかむりまして、横のほうを見て話すんです。いかにも悪いことしてますという風体《ふうてい》ですよ」

「屈しなかったのかい？」

「ええ。あたしは気は弱いくせに頑固なんです。出さないと決めたら、これはもう意地でも出さない。それで、脅されそうになったら、一目散に逃げる。こうやって、三十五年を生きてきたんです」

やはり、脅しなのだ。臆病に見えて、意外にしぶといこの男を、震え上がらせればいいと仕掛けてきたことなのだ。

「あんた、意外に面白い人だな」

と、藤村は言った。お世辞ではない。こういう肩の力が抜けた人間には、なんだかほっとさせられるのだ。

「あたしは、人生は逃げるが勝ちだと思ってますから」

「そりゃあ、いい。なかなかそこまで達観はできねえがね。ところで、その男は、また来たのかい？」

「いえ、それ一度きりでした」

「ふうむ」

と、藤村は腕組みをした。

足取りはここで途切れた気がする。あとは、次の脅迫を待つか、その男がもう一度来るのを待つかしかない。

「あんた、まだ、ここで寝たくないってかい?」

と、藤村は訊いた、なんならしばらく初秋亭に泊めてやってもいい。

「いや、だいぶ正体がわかってきました。物の怪でもないし、あの首も贋物とわかりましたから、だいぶ安心もしました。やはり、こっちで寝ますよ。ただの強盗なら、なんせ隣りが自身番ですから、怖くはありません」

「そりゃ、たいしたもんだ」

と、藤村は満足そうに笑った。空威張りはしないが、こういう類の勇気もある。

そんなわけで、何日かは特別なにもせずにうっちゃっておいた。猫探しやら留守番やらで、初秋亭はなかなかに忙しいのである。

もちろん、一連のことは、夏木にも仁左衛門にもくわしく伝えてある。

すると、仁左衛門のほうから妙な話が出た。

「ほら、あっしの一つ隣りの家に、我楽多堂という質屋とも呼べないような店があることはこの前、言ったよね」

「聞いたよ。このあいだ、辰巳稲荷にいっしょに行ったというやつだろ」

と、藤村が答えた。

「そうそう。あのあとまた、そこの雅兵衛と話してたんだけど、なんでもひと月ほど前に、そいつの店に、お狐の金めっきをした銅像てえのを探しに来たやつがいたんだそうだ」

「なんだと？」

夏木が目を剝いた。

「新品ではなく、ちょっとめっきの剝げた金の狐の像はないかってね」

「ほほう」

藤村と夏木は、にわかに興味を示し、我楽多堂に行ってみる気になった。

「それはこれです。これと同じものです」

と、雅兵衛がごちゃごちゃしたがらくたの中から、狐の像を取り出した。それを見て、

「売ったんじゃねえのかい？」

と、藤村は訊いた。

「売りましたが、ほかにもあったんです」

「へえ」

と、藤村はこの金の狐を持ち上げ、じいっと見た。

「どうだ、藤村。上州屋の蔵のものと同じか？」

「向こうのほうが重かったような気がするんだが、かたちはまったく同じだな」

と、藤村は言った。

「この狐は見たことがあるね」

と、仁左衛門が言った。

「そりゃそうだ。上州屋さんは若いから知らなかったんだろうが、この狐はここらじゃけっこう出まわったんだよ。あっしが霊岸島に来たばかりだったから、二十五年以上前のことだが、あっちの霊岸島稲荷が、何かの祝いだか記念だかで、氏子やら何やらにずいぶんばら撒いたものなのさ。あの境内にある稲荷像に似せてつくったんだよ」

「ああ、そうなのか」

「じゃあ、霊岸島稲荷の神主に話を聞いてみるか。辰巳稲荷の神主よりひでえってことはありえねえだろう」

　藤村がいまにも行きそうにすると、

「そりゃ、無理ですよ。あの神主は近頃、病で寝込んでいて、誰にも会わせられないらしいそうです」

　と、我楽多堂が言った。

四

　おちさの足取りがすこし遅くなったので、加代は振り向いて、

「大丈夫、おちささん？」

　と訊いた。

「はい。なんか、やっぱり緊張して」

　と、おちさは硬い笑みを浮かべた。

　二人はさっき、夏木の屋敷を出てきたところだった。

「じゃ、加代さんはおちささんを七福堂に送ってあげてね」

　志乃はそう言ったのである。

「とりあえず、それぞれの家にもどって、また集まりましょう。いいわね。女たちの初秋亭をつくるの」

志乃とそう約束したのである。

だが、鯉右衛門がいる七福堂が近づくと、やはりおちさは緊張してきたようだった。鯉右衛門は本当におちさを温かく迎えてくれるのか。また、心変わりがあるのではないか。人の心がほとんど信じられないところで、おちさは生きてきたのである。

出ていって、ふた月が過ぎようとしている。

鯉右衛門が店先にいた。品物を並べ替えているらしい。仁左衛門とは似ていないちょっと猫背気味の後ろ姿が、寂しげに見えている。

おちさの足が止まった。

鯉右衛門の目がこっちを向いた。

笑うのか。怒るのか。よくわからない表情である。

鯉右衛門がはっとして、店先から何かを取った。匂い袋だった。おちさが考案し、志乃と加代とでつくり、七福堂にも卸しているものだった。よく売れているとも聞いていた。

その匂い袋をつかみ、鯉右衛門は鼻に押し当て、いい匂いだというように笑った。

「ああ」

と、おちさの口から安堵のため息が洩れる音がした。

加代はそっとおちさの肩を、七福堂のほうへ押した。

それから加代は、八丁堀へ向かった。

夏木権之助が、杖をつきながら初秋亭の前に立ち、外のほうから二階に向かって、

「解けたぞ、謎が」

と、嬉しげに叫んだ。

「なんだって」

藤村と仁左衛門が二階から駆け下りてきた。

「夏木さん、謎って、まさか？」

「あの金狐のだよ」

「そいつは凄いが……」

あの件はよほど新しい手がかりがないと、解明は難しい気がする。夏木はどこで

それを調べたのかと、藤村は内心、首をひねった。

「たまたま御船手組の屋敷に用ができて、東湊町を歩いてきたのだ。するとな、上

州屋のある一丁目の隣りの二丁目に、〈土州屋〉という質屋があったのだ」

「土州屋……」

「よくも似た名前があるものだと、通り過ぎた。だが、もしかしたら土州屋とまちがえて、上州屋に持っていくこともあるのかなと思ったのさ」

「なるほど」

上州（上野《こうずけ》）と土州（土佐）ではずいぶん遠いが、文字にしてしまうと、横の棒の長さがちょいとちがうだけである。見まちがえてもなんの不思議はない。

「それで、ここからはわしも必死で頭をめぐらせた。何度も、上州屋と土州屋のあいだを行ったり来たりしてな」

「そいつは大変だったね」

と、仁左衛門がねぎらった。

「よいか、まず、この土州屋のあるじが霊岸島稲荷の神主が病に臥せっているのをよいことに、巫女をだまして、金の狐の像を自分の店に質入れさせようとしたのだ」

「巫女って？」

藤村は首をひねった。

「この巫女は辰巳稲荷で踊った巫女とは別人だぞ」

「なるほど」

「巫女とはいっても若い娘だ。芝居に行ったり、甘いものを食ったりもしたい。それには金がいるから、多少のこづかいがもらえるとなれば、本殿の奥にある怪しげな金狐を持ち出すくらいのことは、喜んでやってしまう。しかも、我楽多堂で仕入れたそっくりの像をかわりにおいておくよう言われたから、ばれる心配もなくなった。もしもばれたりしたら、いつでも返してやるくらいのことも言っただろう」

「念の入《い》ったことだね」

と、仁左衛門は感心した。

「ところが、巫女は質屋になど行ったことがないから、手前にあった上州屋のほうに持ち込んでしまった。どうだ。ここまでの推量は、あの上州屋若右衛門の言ったことと辻褄《つじつま》が合うだろう」

「合うな」

藤村はにやりと笑ってうなずいた。

「土州屋のあるじがいくら待っていても、巫女はやって来ない。おかしいというので霊岸島稲荷に行き、巫女にどうなってるんだと訊いてみた。持って行ったよ。持って来ていない。言い合いがあり、やっと巫女は質屋をまちがえたことに気づいた」

「まずいな」

と、藤村が眉をひそめた。

「その巫女だろう。わしもそう思うが、土州屋のあるじに殺されたりしたか、あるいはどこかに逃げてしまったのか、それはわからぬ。さて、土州屋のおやじは、すぐに巫女が持ち込んだ金の狐を取り戻そうと、顔を隠して上州屋を訪ねた。すぐ近所にいて、同じ質屋をしてるんだから、上州屋のほうも気づいたってよさそうだが、なにせあの若右衛門はちっとぼぉっとしてたりするからな」

「そうなんだよな」

と、仁左衛門も納得した。

「ただ、土州屋は、巫女が預かっていた質札を持っていなかった。このため、上州屋はいくら金を積まれても、預かった金の狐を渡そうとはしなかったのだ」

「なるほど。ここまでのところも話は合うな」

藤村はそろばんをはじくような手つきをして、そう言った。

「それで、土州屋のあるじは、若右衛門を脅し、震え上がらせたうえで、金の狐を差し出させるという策を考えた。それが、あの辰巳稲荷で首が落ちた騒ぎと、狐の面が斬られた騒ぎさ。どうだ？」

「凄い、夏木さん。なんの矛盾《むじゅん》もねえ」

「大方はわしの頭の中の推量だ。たしかめてみないとわからんぞ」

「いや、大丈夫だ。いまの推量でわからなかったところがすべてすっきりした」

と、藤村が太鼓判を押した。

「でも、そこまでして、あんなめっきの狐が欲しいのかね」

と、仁左衛門が疑問を呈した。

「それだ、わしも不思議だったのは。だが、よくよく考えると、あれはめっきではないのかもしれぬぞ」

「めっきだよ、夏木さん。金箔が剝がれてるじゃねえか」

と、藤村は笑った。

「もしかしたら、さらにその内側があるのではないか」

「なんだって」

「見えている銅もめっきなんだよ」

「そりゃあ、思いもしなかったぜ」

藤村と仁左衛門は顔を見合わせ、大きくうなずき合った。

「土州屋のあるじの面を見てみろ。わしは前を通って、じっくり見てきた。欲の皮がつっぱらかって、金めっきのような顔をしてるぞ」

「よし、行ってみよう」

三人は、さっそく土州屋に向かった。

ついでに、上州屋にも寄り、若右衛門も連れて行った。

土州屋は間口も狭いし、つくりもいかにも安普請で、上州屋との格のちがいは一目でわかる。ただ、軒に掲げた看板だけは、大きさも書体もよく似ていた。

「なんですか」

四人を見た土州屋は、すぐに顔色を変えた。

若右衛門が顔を前に出し、土州屋の顔をじぃっと見た。

「なんだよ」

「いや、同じ商売をしていても、あまり親しく話したことはなかったなと思って」

「そりゃあ、そちらは大店。こっちはこんな小さな店ですから」

「いや、そんなことより、この前、うちの店にいらっしゃいましたよね」

「………」

「あのとき、手拭いで顔を隠してましたが、わかりますよ。その鼻の線や、肌の感じで」

「ううう」

土州屋はそれほど抵抗はしなかった。

金の狐は――。

霊岸島稲荷に代々あった秘宝だった。

だが、先代の神主が、そのことを当代の神主に伝える前に亡くなってしまった。

「あんたはなぜ知ったんだい？」

「霊岸寺稲荷から出てきた古文書に、そのことが書いてあったのよ」

ふてぶてしくそっぽを向いたが、藤村が、

「巫女は殺したのか？」

と、すごむと、

「とんでもねえ。わしが店をまちがえたことを責めたら、いきなり逃げ出してしまったんです。質札さえ置いていったら、こんなことにはならなかったのに」

急に情けない顔になって下を向いた。大した悪党ではないのだ。

「もう一人の巫女は？」

「あれは、うちの娘ですよ」

そう言ったとき、その巫女に扮していた娘が、外から帰ってきた。おやじにはちっとも似ておらず、小さな顔の愛くるしい娘である。

「どうした、おとっつぁん」

「うちはもう、おしめえだ」

「なにがおしめえだ？」

「金の狐をかすめたのがばれちまった」

そう言ったとき、娘はいきなり店の中にあったあの剣をつかみ、藤村に斬りかかってきたのである。

「うわっ」

思いもよらない鋭い太刀筋だった。慌てて膝を落としたが、藤村の髷《まげ》が飛ばされた。

さらに、斬りつけてくる。逃げるのに精一杯で、刀を抜く暇もない。腰がくだけ、仰向けに倒れた。

「きえっい」

娘が剣を振りかぶった。このまま下におろされたとき、藤村の頭は薪のように二つに割れる。

そのとき、夏木の杖が飛んだ。

杖の先があやまたずに娘の手首を打ち、剣が土間に転がった。

「危なかったぜ」

ざんばら髪になって、沼から上がった土左衛門のような顔で藤村は言った。

「とんだ目に遭ったな」

「今回はすべて夏木さんのおかげだ」

「わしもたまには役に立たねばな」

「とんでもねえ。おいらはここんとこ、いろんな意味でちっと図に乗ってたかもしれねえ。人は一人で生きているわけじゃねえってことを忘れがちだった気がする」

と、藤村は言って、何度か頭をこつこつと叩いた。

「それにしても、洋蔵さんの骨董の才能は、意外に夏木さんから伝わったんじゃねえのか。金の狐の謎を解いたのは、尋常な目ではないぜ」

藤村にそう言われて、夏木はおおいに相好《そうごう》をくずしたのだった。

八丁堀の家に帰ると加代がいた。

加代は、玄関口に出て、気まずそうに下を向いた。出ていけと言うなら出ていきますがという硬い態度も感じられた。

藤村は、ざんばらになった髪を軽くしばった頭で、

「いま、そこのお伊勢さんのところを通ったら、縁日が出ていた。のぞきに行かねえかい」

と訊いた。

加代は藤村の顔をしげしげと見た。顔に痣があるのは知っているはずだが、髷を飛ばされたことは知らない。だが、そのことについては何も言わず、

「はい」

と返事をして、急いで下駄を突っかけた。

すぐそばの神社だった。康四郎の七五三もここでしたし、さまざまなこともここで祈った。

康四郎と三人で来たいくつかの場面が次々に甦《よみがえ》ってきた。

あれは康四郎が三歳のときだったか、ここにお宮参りに来て、ちょっと目を離したすきに、同じ歳ごろの武家の娘に頭から砂利をかけて騒ぎになったことがある。娘は目一杯お洒落させられ、日本髪もきれいに結ったところに、細かい砂利をしこたまかけられたものだから、親もかんかんになって怒った。仕方なく康四郎の頭をぶっ叩き、こっちにも砂利をかけておさめたものである。

七、八歳くらいの正月には、ここで買った破魔矢《はまや》を弓でひいているうち、いきな

り弦が切れて、破魔矢の羽根のほうが康四郎の目に当たった。ひどく出血し、失明するのではないかと心配したが、幸い後遺症もなく治った。そのときの傷は、目尻のところにまだ小さく残っているはずである。

子どもというのは、何をするかわからないと、つくづく思った。だが、そう思えば心配しすぎて、子どもをうるさく縛ることになる。子育てというのは、冷たくぶっきらぼうに思われがちな藤村にとっても、悩みの多いことだったのだ。

そんなことをいまも思い出しながら、

「おいらはこの前も思ったんだがさ、人ってえのはよ、想い出でできているんじゃねえのかって」と、藤村は言った。

「想い出で？」

「ああ。想い出を取ってみな。なんにもなくなっちまうぜ」

「ほんとうですね」

加代は素直にうなずいた。

「あんたが出ていくとさ、うちは康四郎を育てた想い出がはらはらはらはら消えていってしまうような気がしたのさ」

「まあ」

「所詮、家族などというのも、この世のあらゆるものといっしょで、一人ずついなくなり、やがては消え失せたり、まるで別のものになっていたりするんだろう。だが、おいらは想い出がなくなっちまったら寂しいからさ。もうちっと、あの家にいてみてくんねえか。どうせ、おいらのほうがずいぶん早くおっ死ぬんだから」

そう言って、藤村は加代をちらりと見た。

「まあ、死ぬだなんて縁起でもない」

「文句はいろいろあってもさ、諦めるのも大事だからな、お互い」

藤村はそう言って、縁日の屋台から風ぐるまを一本買い、それを加代に手渡した。

風ぐるまは、加代の手の中でくるくると勢いよく回った。

五

深川の岡っ引きの鮫蔵が、どしゃぶりの雨の中を走っていた。浅草から下谷《したや》のほうへ向かう、小さな寺が並ぶ通りだった。

すでに夜は明けはじめているはずだが、黒雲の中を歩むように暗くおぼつかなく、人もまったく見当たらなかった。

鮫蔵は変装していた。女ものの気色の悪い着物を着て、頬には薄く紅まで塗っていた。どうやら陰間《かげま》のつもりらしい。異様だが、しかし異様なものになるしか、実物の異形ぶりは隠しようがなかった。

「はあはあはあ」

息が切れ、寺の土塀に背をあずけて立ち止まった。

変装しているためでもないだろうが、ふだんは韋駄天《いだてん》のような鮫蔵の足取りがひどく重そうだった。脇腹に当てていた手拭いをすこし除けてみた。大量の血が流れ、雨で流された。それは、足元の水たまりに、不吉なまだらの模様をつくった。

鮫蔵は、雨が降りそそぐ暗い空を眺め、

──嘘だろう。あいつがげむげむの教祖だったなんて。

と、思った。

とんだ見込みちがいをしていた。おのれの迂闊《うかつ》さを呪った。だが、あの男がげむげむの信者はおろか、教祖だなどとは夢にも思わなかった。

あれはまずい。信者がどっと増えちまうぞ。

早く、誰かに伝えなければならなかった。だが、この傷でそれができるのだろうか。何か伝える方法はないものか。鮫蔵は懐《ふところ》を探《さぐ》った。何もなかった。巾着《きんちゃく》も、煙草入れも、根付《ねつけ》も、すべて取り上げられていた。あるのは、刺し傷に押し当てているこの手拭いだけだった。

――負けたのか、おれが……。

鮫蔵は背をあずけたまま、ずるずると腰を落とした。とてもこれ以上、自分の巨体を支えつづけることはできそうもなかった。

鮫蔵の脳裏を、これまでの人生が駆け巡りはじめた。自分というものが想い出でできていたのかと思えるくらいだった。

鮫蔵の生まれは、意外にも深川ではなかった。海とはまるで縁のない武州八王子村の生まれだった。川沿いに家があり、近くの山々はとくに紅葉のときが美しかった。鮫蔵というのはもちろん、あとで付いた名前だった。本当の名は神谷久馬《かみやきゅうま》といった。いわゆる八王子千人同心の家に生まれ、郷士《ごうし》とはいえ、武士の気概を持って育った男だった。

その鮫蔵が、十八のときに地獄に落ちた。

じつの父を斬ったのである。

激情にとらわれたのではない。何日ものあいだ、隙を狙い、誰も見ていないところで凶行に及んだ。

そうしなければ、自分は生きていけないと思った。

生き抜くために斬ったし、そのまま何食わぬ顔で、八王子での暮らしをつづけるつもりでもいた。凶行は誰にも見破られるはずはなかった。

ところが、それができなかった。生き抜くために斬ったのに、生きていくのが辛くなった。父への憎しみがまちがいだったと気づいたのではなかった。虚《むな》しさに捉《とら》えられてしまったのである。

武士としての日々の暮らしがどうにも馬鹿馬鹿しくなっていった。それは予想しなかった気持ちの変化だった。

父を斬って半年後——。

久馬は逐電《ちくでん》した。

父を斬る原因の一つになった女が、連れて行けと言ったが、蹴倒《けたお》すように置いて出た。

そのときはもう、死ぬための旅立ちだった。

それから久馬は江戸に出てきた。死ぬ方法はなんでもよかった。武士らしい死に方より、阿呆のような死に方がふさわしいと思った。酔って大川にでも嵌《は》まって死ねば、そのまま地獄に連れて行ってもらえるだろう。

ところが、大川ではなかなか死ねなかった。酔って嵌まっても、いつの間にか泳いで、岸に上がっているのである。

川だから駄目なので、海にしようと思い、砂村のあたりをほっつき歩いたりもした。ところが、海でも死ねなかった。

そのうち、死のうとしてほっつき歩くことも馬鹿馬鹿しく思えてきた。

――どうせそのうち、嫌な死に方をするに決まっている。

そう思って、急いで死ぬのもやめにした。すると、深川というところは、いい暮らしさえのぞまなければ、仕事はいくらでもあった。埋め立ての仕事もあれば、あさりの貝剝きの仕事も、しじみ取りの仕事もあった。ぼろぞうきんのようになるまで働き、泥のように眠る暮らしの、意外に気楽なことにも気づいた。気を張って生きていた若いころのことが、嘘のように思えた。

地蔵の権助《ごんすけ》。

そう呼ばれていた岡っ引きと出会ったのは、江戸に出てきて一年ほど経ったころだった。

その権助の顔が、浮かんできそうで、なかなか浮かんでこない。煙のようにふわふわと漂うのだが、くっきりとした実像にならない。

——あれほど世話になったのによぉ。

鮫蔵は苛立った。

権助の顔を思い出さずに、なんの想い出だとも思った。かわりに、中川の川っ縁にあった石の地蔵を思い出した。それが権助と似ているのかどうかはわからなかった。

権助と出会ったあとのことは、めまぐるしい速さで脳裏をかすめて過ぎた。何人もの懐かしい顔が浮かんで消えた。男よりも女の数のほうが多かった。猫も何匹か混じっていた。最後のほうに、八丁堀の、いや初秋亭の藤村慎三郎の顔もちらりと浮かんだ。

ふっと笑みが浮かんだ。

馬鹿馬鹿しいと思ってきた人生が、そうでもないような気がした。もう一度、最初から振り返ってみようかとも思った。

だが、それができなかった。座るのもつらく、鮫蔵は座ったまま、地べたに突っ伏していった。さっきまで駆けめぐっていた想い出は、急速に自分から抜け出ていくような気がした。

雨がまた強くなり、動かなくなった鮫蔵の身体を滝のように打ちつづけた。

夏木権之助の猫日記（五）　父を捜して

一

「ここは、猫の悩みだったら、なんでも解決してくれるというお侍さんがいるところですよね？」

そう言って〈初秋亭〉に入って来たのは、幼児と少年のあいだくらいの、なんとも可愛らしい男の子だった。武士の子ではない。身なりは、裕福そうとは言えないが、洗い立てのさっぱりした着物を着ている。

「なんでも解決できるかどうかはわからぬが、猫の悩みは引き受けているぞ」

夏木権之助が、微笑んで言った。

「この仔《こ》のおとっつぁんを捜して欲しいんです」

男の子は、少し涙目になって言った。腕のなかに黒い仔猫がいた。「みゅう」と啼《な》いた。生まれて三、四ヶ月くらいだろう。

「父猫を？」

「お願いします」

男の子は、ぺこりと頭を下げた。

「うん。やってみるけど、難しいぞ」

夏木はそう答えてしまった。

「しまったあ。なんで引き受けたのかのう」

男の子がいなくなると、夏木は顔をしかめた。

「どうしたんだよ、夏木さん？」

藤村慎三郎が訊《き》いた。

「仔猫の父親なんか、まず見つからないのだ」

「どうして？　通って来る野良猫で当たりをつければいいんじゃないの？」

「そう簡単にはいかぬのさ。牝猫《めすねこ》は発情すると、人の赤ん坊みたいな声で啼いて、牡猫《おすねこ》を引き寄せるわな。俳諧《はいかい》では、恋猫ってやつだ。そのとき、気に入った一匹を選ぶわけじゃない。寄って来たのは、数匹くらい受け入れちまうのさ。だから、どの牡猫の仔なのかはっきりしないのだ」

「猫って、尻軽《しりがる》なんだ」

と、七福仁左衛門は笑った。

「まあ、人の目から見たらそうだろうが、猫の世界のことだからな」

「でも、そこから、黒い毛色の猫を見つければいいだけじゃないのかい？」

と、藤村は言った。

「そりゃあ、同心はその手で間に合ったのだろうが、猫では通じないんだ。黒猫の父親は、黒猫とは限らぬのさ」

「ああ、母猫が黒猫なのかい？」

「そうとも限らぬ。黒猫の父と白猫の母から、茶色の仔が生まれるのも珍しくない。毛の色は、まず、当てにはならぬのさ」

「じゃあ、無理だろうよ。それをあの子に言ってやれば、よかったんじゃないの？」

藤村は呆《あき》れたように言ったが、夏木は憤然としてこう言った。

「だが、あの顔を見たか？　子どもにああいう顔をされて、叶《かな》えてあげようと思わなかったら、それは大人としての資格がないだろうよ」

二

とりあえず、夏木は、男の子——名は良吉《りょうきち》、の家を見に行ってみた。

床屋の〈富士床《ふじどこ》〉の裏の長屋というので、すぐにわかった。

立派とまでは言えないが、粗末な長屋ではない。小さい庭もついているので、野良猫なども来やすい家だろう。

「良吉は留守番しているのか？」

と、夏木は家に上がりながら訊いた。

「うん」

「おとっつぁんは？」

「いないよ」

「おっかさんは？」

「総菜屋で働いてる。永代橋んとこ。昼ごろもどって来るよ」

母親は留守がちで、猫が遊び相手なのだろう。

母猫は茶虎で、縁側で昼寝をしていた。仔猫はまだ良吉に抱かれている。名前は、「クロ吉《きち》」だという。

「生まれたのはクロ吉だけじゃないだろう？」

「うん。茶色と白も生まれたけど、おっかさんの友だちにくれちまった。おいらはクロ吉がよかったから」

「黒と茶と白か」

母猫とクロ吉を見比べるが、やはり猫の親子というのは、判別が難しい。親猫もどれくらい自分の仔だというのをわかっているのか。よその仔を一匹交ぜたりしても、同じように育てるとは聞いたことがある。ましてや、仔猫の父親など、誰なのかなんてわかっていないのではないか。

庭は生垣で囲われ、その向こうは細い路地になっている。路地沿いには、蔵もあれば、一軒家の庭につながっていたりもする。そこにも、猫はいそうである。

「しばらく、ここらの牡猫たちの動きをじっくり観察するからな。それで、当たりをつけられるといいんだがな」

「お願いします」

良吉は、またも涙目になって言った。

弱り切って初秋亭にもどった夏木に、

「やっぱりむずかしいかい？」

と、藤村が訊いた。

「これほどの難問は初めてだよ」

「なあ、夏木さん。あの子、おやじはいるのかい？」

「いないと言ってたな」

「やっぱりな。おいら、思ったんだけどさ、そういうのって、ほんとは、自分の父親を捜してもらいたいんじゃないのかい。猫にかこつけてるけどさ」

藤村がそう言うと、

「うんうん。猫の気持ちみたいに言うけど、それは自分の気持ちなわけだな」

仁左衛門も賛成した。

「いや、じつはわしもそう思っていたのさ」

きれいに片付いた家だったが、良吉があそこで一人、猫だけを相手に寂しさを慰めていると思うと、可哀そうになってくる。

「そっちをやってあげたらいいんじゃないのかい？」

仁左衛門が言った。

「しかし、それは……」

余計なお世話かもしれないのだ。

三

野良猫も飼い猫も、縄張りとまでは言えないが、だいたい動き回る範囲は限られる。せいぜい一町四方くらいではないか。

良吉の家の一町四方というと、大川も入るから、さほど広くはない。夏木は猫の気持ちになって、うろうろ歩き回った。広くはなくても、猫は屋根だの縁の下だの、人がいないようなところにもいるから、捜すのは大変なのである。

それでも一匹、気になる牡猫を見つけた。やはり黒猫で、尻尾《しっぽ》がまっすぐで、少し長めである。クロ吉も、長めで、鉤状《かぎじょう》に曲がっていない。

しかも、この黒猫は路地を歩いて来て、良吉の家の外のところで、

「にゃーお」

と、延ばして啼き、クロ吉の母親もそれに応《こた》えるように、延ばして啼いた。

首に鈴をつけている。紐《ひも》は紫で、なかなかの洒落者《しゃれ》である。猫も洒落者はもてるのかもしれない。

——あいつか。

夏木は後をつけた。

路地伝いに虎のように居丈高に歩いていく。けっこう幅を利かしているので、このの親分格かもしれない。

塀の下をくぐった。向こうは、原っぱのようである。

——こんなとこ、くぐりやがって。

夏木も這《は》いつくばって、くぐろうとすると、背中が引っかかり、べりべりと破けた。

——しまった。気に入っていた柄だったのに。

それでも猫を追う。ついに、黒猫は一軒の家に入った。隠居家らしい。

「おう、クロ蔵《ぞう》。もどったか」

なかから年寄りの声がした。クロ蔵。名前も似ている。

——あいつはあり得るな。

六割くらいは確信した。

良吉の家にもどると、良吉は庭に出て空を見上げていた。トンボでも飛んでいるのかと思ったが、そうではない。秋の空高く浮かんでいる雲を眺めていたらしい。それがまた、いい瞳《ひとみ》なのである。

――少年の瞳は遠くを見るためのものだな。

と、夏木は思った。すると、ふっと一句が生まれた。

少年の見上げる夢や秋の雲

「おい、良吉。もしかしたら、親猫が見つかるかもしれないぞ」

と、夏木は声をかけた。

「ほんとですか」

あまりに嬉《うれ》しそうな顔をしたので、

「まだ、確実じゃないがな」

慌てて付け加えた。もし、違っていて、がっかりなどされたら、いたたまれなくなりそうである。

「飼い主は金持ちそうですか？」

「たぶんな」

「よかった。じゃあ、わかったら、教えてください」

なぜ、金持ちだといいのだろう。

富士床の横から出て来ると、

「あら、夏木さま」

声がかかった。

「ああ、あんたか」

隣の番屋の夜食づくりをしてくれているおかみさんで、初秋亭にも貰《もら》い物を持って来てくれたこともある。

「こんなところでなにを？」

「うむ。そこの長屋に住む良吉って子に、猫のことで頼まれたものでな」

「ああ、良吉が。いい子でしょ」

「いい子だな。ちと、寂しそうではあるが」

「寂しそうですか？」

意外そうな顔をした。

「父親がいないのだろう？」

「父親？　いますよ」

「え？　いるのか？　いないと言っていたぞ」

「ああ、それは泊まり込みの仕事に行っているから、いまはいないという意味でしょ。宮大工の見習いをしていて、いろんなところに行くんですよ」

「そうなのか」

「子煩悩な人でね。いまは修業中だから、どうしても留守がちだけど、帰って来たときは、目一杯可愛がってます」

「ほう」

「そこまでしなくてもと思うこともあるくらいですよ。この前なんか、良吉が遊んでいて、うちの亭主がこさえた盆栽を落っことして鉢を割ってしまったんです。そしたら、似たようなやつを探して買って来て、弁償してくれたんですよ。そこまでしなくてもと言ったんですが、子どものしくじりは親が弁償して当たり前だし、こいつにやましい思いをさせたくねえもんでって」

「なるほど」

そういう父親なら、良吉が父親を追い求めているってことにはならないだろう。

やはり、純粋に、仔猫《こねこ》の父を捜してあげたいだけなのか。

四

この日の夕方である。

良吉が初秋亭にやって来て、

「おじさん。もう、クロ吉のおとっつぁんは、捜してくれなくていいです」

と、嬉しそうに言った。

「なぜだ？　もう少しでわかるかもしれぬぞ」

あの黒猫の動きをよく確かめて、また、良吉の家のところに来て、あんなふうに啼《な》くのなら、八割くらいは確信できる。そうなったら、二割は違うかもしれないが、ということで、良吉に教えてやれるのではないか。

「うん。でも、おっかさんに、これ、買ってもらったから」

と、掲げたのは、大きな凧《たこ》である。マサカリを担いだ金太郎《きんたろう》の赤ら顔が、鮮やかな色彩で描かれている。

「凧が、クロ吉のおとっつぁんの代わりになるのか？」

「そうじゃなくて。クロ吉は、おいらの大事な凧をべりべりに破いちまったんだよ。だから、クロ吉のおとっつぁんに弁償させようと思ったのさ」

おとっつぁんが、盆栽の鉢を弁償したという話が頭に浮かんだ。

「そうだったのか……」

夏木は唖然《あぜん》となった。

良吉が帰ると、後ろで藤村と仁左衛門が忍び笑いをしていた。

「なんだ？」

夏木はムッとして訊《き》いた。

「夏木さん、ほんとはおやじまで捜してあげよう、いや、おやじの代わりをやってあげようくらいは、思ってたんじゃないの？」

と、藤村が言った。それは当たっていた。

「夏木さんは、猫に甘いけど、子どもにも甘いからねえ」

「若い女にも甘いけど」

仁左衛門が余計なことを言った。

「甘い、甘い、夏木さん」

「そこがいいところなんだけどね」

さんざんにからかわれた。

「いいのだ。世のなかには、甘いものも、甘い人間も必要なのだ」

夏木はそう言って、軒先の向こうを見た。

今日も秋の空が高い。雲が遠くに二、三片。夏木は少年の目になって、それを眺めた。

本書は、二〇〇八年一月、二見時代小説文庫から刊行されました。
「夏木権之助の猫日記（五）　父を捜して」は書き下ろしです。

金《きん》狐《ぎつね》の首《くび》

大《おお》江《え》戸《ど》定《てい》年《ねん》組《ぐみ》

風《かぜ》野《の》真《ま》知《ち》雄《お》

令和4年 6月25日 初版発行
令和6年 9月20日 再版発行

発行者●山下直久

発行●株式会社KADOKAWA
〒102-8177 東京都千代田区富士見2-13-3
電話 0570-002-301(ナビダイヤル)

角川文庫 23228

印刷所●株式会社KADOKAWA
製本所●株式会社KADOKAWA

表紙画●和田三造

●お問い合わせ
https://www.kadokawa.co.jp/ (「お問い合わせ」へお進みください)
※内容によっては、お答えできない場合があります。
※サポートは日本国内のみとさせていただきます。
※Japanese text only

ISBN 978-4-04-111538-1 C0193

◆◇◇

角川文庫発刊に際して

角川源義

第二次世界大戦の敗北は、軍事力の敗北であった以上に、私たちの若い文化力の敗退であった。私たちの文化が戦争に対して如何に無力であり、単なるあだ花に過ぎなかったかを、私たちは身を以て体験し痛感した。西洋近代文化の摂取にとって、明治以後八十年の歳月は決して短かすぎたとは言えない。にもかかわらず、近代文化の伝統を確立し、自由な批判と柔軟な良識に富む文化層として自らを形成することに私たちは失敗して来た。そしてこれは、各層への文化の普及滲透を任務とする出版人の責任でもあった。

一九四五年以来、私たちは再び振出しに戻り、第一歩から踏み出すことを余儀なくされた。これは大きな不幸ではあるが、反面、これまでの混沌・未熟・歪曲の中にあった我が国の文化に秩序と確たる基礎を齎らすためには絶好の機会でもある。角川書店は、このような祖国の文化的危機にあたり、微力をも顧みず再建の礎石たるべき抱負と決意とをもって出発したが、ここに創立以来の念願を果すべく角川文庫を発刊する。これまで刊行されたあらゆる全集叢書文庫類の長所と短所とを検討し、古今東西の不朽の典籍を、良心的編集のもとに、廉価に、そして書架にふさわしい美本として、多くのひとびとに提供しようとする。しかし私たちは徒らに百科全書的な知識のジレッタントを作ることを目的とせず、あくまで祖国の文化に秩序と再建への道を示し、この文庫を角川書店の栄ある事業として、今後永久に継続発展せしめ、学芸と教養との殿堂として大成せんことを期したい。多くの読書子の愛情ある忠言と支持とによって、この希望と抱負とを完遂せしめられんことを願う。

一九四九年五月三日